雑賀恵子

紙の魚の棲むところ

〈書物〉について

青土社

紙の魚の棲むところ　目次

Ⅲ

Ⅳ

Ⅴ

紙の魚の棲むところ――〈書物〉について

まえがき

世界は一冊の美しい書物に帰着するようにできている、というマラルメのあの有名な言葉、その一行ばかりがぽつんと記憶の泡から弾け出て、いま、わたしは湿気を帯びた夜の空気に触れているのだけれども、同じこのいま、このときに、昼の光が肌を刺す場所にいるものもおり、そうすると、いまというのは夜なのか、昼なのか、どのように書かれるのだろうと、埒もないというよりも、なんだかつまらないことを、ふと思う。

もし、言葉通りに一冊の書物に帰着するようにできているとするなら、時が生まれた起点から始まって、世界に在る事物はすべて、帰着点に辿りつくという目的を持って、絶え間なく運動し続けているのだろう。目的の近似値まで運動は続き、続けるけれども行き着くことはなく、漸近線を辿っていくように果てはないのかもしれない。

世界の中に存在するものは、それぞれの運動を行い、個別のその都度の目的に沿って、あるいは目的も脈絡もなく出鱈目に動いているようにみえる。しかし、そうではなく、存在するものは、その都度の個のまとまりを一瞬煌めかせながら、運動する。あらゆるものが、連関して、協働しあい、衝突しあい、破砕しあい、分解しあい、融合しあい、肯定しあい、否定しあい、個物は別の個物に生成し、変化し、無数のものが無数な運動をし、無数な生成と変化をしながら、無数は一として、目的に行き着くことを目指している。

目的に帰着したら、運動は静止する。あらゆる存在が、静止する。変化しない。そうすると、この時点からこの時点まで、という点がなくなるわけだから、時間もまた、なくなるのである。運動が静止するということは、すなわち時間がなくなる、ということだ。時間はなくなって、この世界は、開始と終末というまとまりの中で閉じられる。

書物は閉じられるのだ。

一冊の書物として世界があるという夢想は、それは読まれるということを夢想している。つまり、そこにはなんらかの脈絡、整合性、原理や法則など記述しうるものがあり、いずれのときにかは、それらが読み解かれ、明らかにされるだろうという夢想だ。

＊

白い花束のように、星の光はふりそそぐ。

いまこのときに、わたしのみている星ぼしは、同じように夜空に咲いているけれども、それは何百年前の星の姿であったり、何千年前の星の姿であったりする。いまはもう、消えてしまってない星かもしれない。

宇宙のはじまりから時間と空間が生まれ、そしていずれこの宇宙も消滅し、時間と空間もまた消滅する。

この大きな世界のなかに、地球というこの惑星があり、そこに閉じ込められた人間の現在がある。

人間の世界は、言語が仕切る社会だ。言語によって、歴史が紡がれ、現在のほとんどを抑え込み、未来を知る可能性を広げる。

わたしの身体が置かれている場所で、現実だと実感できるもの、とりあえずそれがわたしにとっての世界だろう。このわたしにとっての世界は言語が仕切る世界のなかにあるのだから、わたしが世界をどう認識するか、どう解釈するかも、わたしが用いる言語に委ねられる。言語は、構成する記号とシステムを持つが、流動し変化していくし、またその言語の意味するものをどう受け止めるか、どういうふうに使用するかということは、それぞれ使うものによって異なる。したがって、当然のことながら、わたしにとっての世界認識はわたしのものであり、他者のものと完全に同一であることはない。

とすると、いくつもの、無数のわたしにとっての世界があることになる。

そして、わたしは、別のわたしにとっての世界にも場を占めるものであるから、その世界でみられるわたし、が言葉で刻まれているはずだ。

わたしは、さまざまな世界からみられ、さまざまな言葉で切り刻まれ、さまざまな意味を付与されて価値づけられているわけである。

さまざまな書物が書かれる。

そうして、わたしは、さまざまな世界という書物の中に閉じ込められる。

*

書物。

文字がたくさん配置され、それぞれがその場所で他のものと関係して意味を持ち、整合され、全体となる書物。

たとえば、さという文字。

くと出会って、咲くとなり、らと出会って桜となり、桜咲くとなる。

さは、しと出会って、あるときは示唆になり、なにかをさし示し、さらにくに出会って思索になり、ほかの文字の群れと連なって波立つ。

さはさとして孤立しているのではなく、他の文字と協働して、書物のなかで与えられた役割を果たしている。

それぞれの意味が網の目のように広がり、つながり合い、波をつくり、言葉の海となり、大きな意味の書物となる。

そして、一冊の書物として閉じられる。

もはや、文字は動くことはできず、書物が意味するものから逃れることはかなわない。大きな意味、大きな価値体系のなかに飲み込まれて、身動きもならず、窒息しかかっている。

だが。

書物のなかにありながら、意味するものにはとらわれず、意味するものとはまったく無縁に、言葉の海を泳ぐ魚がいる。

紙の魚。紙魚（しみ）。

紙を食い破り、文字のつながりに裂け目をもたらし、脈絡を断ち、配置をほどき、脱落させ、散乱させ、べつのつながりへの可能性を開き、試み、意味を解体し、異なるものへと変化させる。

たとえ、ほんのわずかな綻びにすぎないとしても。

小さき紙魚。無力にみえるほど弱き紙魚。

耳を澄ます。
かそけく聴こえてくるのは、紙魚たちの蠢く音。

終わらない確認

うだるような暑さ、というのは全くの常套句で、扉を開けて外に出ると、熱気が物質みたいにたちはだかって、体を動かすのも重い感じがする。湿気を含んでいるからというのではなく、熱が籠ると空気がなにか堅く、質量のあるものに変わってしまったかのように、肌を押してくる。一年の光のすべてを集めたような真白い午後。脳味噌が煮えて溶け出していく頭痛に悩まされ、耳鳴りも酷く、なにかものを考えようにも煙のように消えてしまい、無駄だとわかりながら鎮痛剤を必要時間をおかずに数時間ごとに放り込む。それでも、どこまでも青い空に、白い雲、レモン色の光がきらめくと、なにかが起こりそうな予感で少しわくわくする夏。

それが八月が終わりを迎える頃、突然の酷い雨の日が続き、夏の名残を惜しむ間もなく、いきなり秋になってしまった。ぽつぽつと点在する出来事が思い出されるものの、結局は白紙答案とおなじく無為に終わってしまった日々が、乾涸びた鱗となって剥がれ落ちていく。後悔と焦りばかりが、じくじくと体を蝕む。それを何回繰り返したら気がすむのか、去年もその前もそんなふうに夏は過ぎていったような気がするし、ただ違うのは、空気に仄かに石鹸の匂いを感じ、昼下がりの陽射しに蜜柑色が含まれると秋の訪れを知るという、そういう季節の移り変わりの勾配がなかったことだろうか。

これもまたいつものごとく、仕事や所用、通院、あるいは買い物などで出かける他は、猫相手のなにをするでもない引きこもり生活で、今年の夏は、その猫が一匹から二匹になっているという違いがある。

と、こうして「今年の夏」というのを思い起こしてみる。そうすると、特別何か出かけたとか、イベントがあったといった日以外は、茫洋としてしまい、「その日」という区切りを持たず、結局思い出すことがないから、どうしてこんなに早く月日が経ってしまったのだろうと茫然とするほどあっけない。

よく言われるように、時間をどのように感じるかというのは全くの主観的なものだ。

ご飯を食べるのも忘れるほど忙殺されていると、そのときはいま行なっていることに夢中になっているから、時間の経過を振り返る間もない。それで、気がつけば、もうこんな時刻なのかと驚き、時間の経つのがあまりにも早く一日が短く感じる。そういう日々が続いたとして、あとからそれらの日々を思い起こすと、あれやこれやこまごましたことがたくさん記憶の底から浮かび上がってくるから、随分と長い時間を過ごしたように感じられる。

ところが、これといってやることがなく暇でぼんやりしたときを過ごしていると、それこそ時間を持て余しているのだから、時間が経つのが遅く一日がとても長く感じる。おそらく、夏休みの子どもたちが、やることがなく、一日が長いというのもこれだろう。それが、あとからその期間を省みてみれば、とりたててなにかやっていると印象に残ることがなければ、思い出す事物や事柄があるはずもなく、それで、あっという間に時間が経ってしまった、と感じるものなのだ。

もっとも、私個人の場合で言えば、無為に過ごしているときも、パソコンでネットサーフィンをしているとか、テレビのザッピングをしているとか、そうでなければいつも眠いので居眠りでもしているかといったことが多く、そうすると気がつけば恐ろしいほど早く時間が経ってしまっている。これは、無駄か無駄でないかといえば全くの無駄な時間、無為な時間なのではあるが、そうした価値とは別に、意識は対象に集中しているわけであるから、時間が早く過ぎると感じるのだろう。寝ている時間が大きいから、その分は当たり前だ。そして、事後的に振り返ってみると、それこそまるで想起するような価値などないものであり、あるひとまとまりにくるめられる出来事としての印象はないから、空白であり、まったくもって早く月日が経ってしまったと感じるのである。これはとてもまずい。

数ヶ月前のことよりも、去年、下手をすると何年も前のことを近いように感じることもある。

これは、何年も前の同時期のことであり、いまならたとえば五山送り火をベランダから眺めているとき、去年も、一昨年もこうして眺めて何を考えていたか、これで夏も終わりだ、またなにもできなかった、どうしようという程度なのであるが、そのことをまざまざと思い出し、まるで昨日のことのようにというのは大袈裟にしても到底年単位での前のこととは思えないのである。そのあいだに、秋を挟み、冬を越しているのに、お正月のことよりも近いように思う。

人間の時間感覚が日付を物差しとしているとしても、一年というのは、とりわけ四季がはっきりしている日本では、繰り返し同じものが巡ってくる円環状の積み重なりとして意識される、と言われている。生産労働や、それに関する行事、生活様式などが季節に準じている農耕社会では、こうした循環的な時間意識が形成されるというのだ。してみると、同じ季節、同じ頃、同じような気候を手がかりとするならば、随分前のことであっても、季節の違う「ある日」よりも、同じ時期の「ある日」の方が近いと感じられても不思議なことではないだろう。

というようなことをつらつら考えながら、武田百合子の『日日雑記』をめくっていると、意外に、季節感がないというか、天候やら、寒い暑いといった記述の濃度が希薄なことに気がついた。

もちろん、記述自体はある。

たとえば。

――ある日。うす青い空。いい気候。上野東照宮の牡丹を観に行く。

――ある日。夕方まで、だらだらと雨が降った。少し裁縫をし、少し本を読み、電話がかかってきて、ちょっと喧嘩した。夜になると、ざんざん雨が降った。レコードを出してきてかけた。

――ある日。暑いと欲が湧かなくなる。

――ある日。寒い。ホカロンを入れて、午前十一時、家を出る。

――ある日。晴れて暖かい。午前九時に家を出た。

……

たいがいは、気候に関してはとても簡潔だ。

正月やらお花見やら、母の日やら、菊人形の催しやら、お歳暮やら、そういった時節をあらわす言葉や、それにともなう記述もある。

また、さらりと一言書かれた、目に入った草木や花、牡丹、桜、菊、朝顔、空の様子、とれたてのカボチャやもろこし、それから氷水を飲んだというような口にしたものなどからも、季節は窺える。

だが、季節や、風景を表わすそれそのものが文章となることは少ない。

季節感がないというのではなく、季節や天候そのものに関する記述が希薄だということである。

これは、雑誌に連載されていた文章であることから、読み手にとっては文章を手がかりに時期を同定する必要がないということもあるかもしれない。が、しかし、こうしたことは、文章の外にあることで、また武田百合子という書き手にとって、それだからというわけではあるまい。日記ということであるなら、冒頭簡潔に天気を記載するのは定型といってもいいだろう。日記の意味あいのひとつは記録であり、備忘録でもあるからだ。『日日雑記』でも天気の書き方は、簡潔な記し方ではある。

そういうことではなく、季節や天候について書かれていても、それを描写して情景にしてしまってはいない、というところなのだ。描写をすることによって、情景となることから極力身をはがそうとするような文体にすら思える。

これは、どういうことなのだろうか。

情景というのは下手をするとまさに情動を貫入させるもので、〈ある日〉というのをある色調の中にくるみこんでしまうことがある。季節に対する感傷が滲み出て、事物や出来事に陰影がまといつくのだ。そうすれば、一日の時間の流れの中でばらばらに起こっており、移り変わっていて切れ目のないはずのものが、まとまりとして括られていく。読み手は、なんらかの意味をそこに探そうとしてしまうし、脈絡をつけようとするだろう。

そうしたなまじの感傷が混ざってくるのを、きっぱりと振り払おうとするかのように、『日日雑記』ではスタッカートで言葉が繰り出されていく。

また、情景を描写する、というのは、見たもの、聞いたもの、嗅いだもの、味わったもの、感じたもの、さまざまなことどもが一旦記憶の中にしまいこまれ、事後的に沈殿物の中から選ばれて取り出され、再び組みあわされるのであるから、〈そのとき〉のものではない。想起によって取捨選択されたものは、時間によって研がれ、解釈によって濾されて、たきあがったものだ。もちろんいうまでもなくこれは、情景でなくとも、記述するという際には自動書記ではない限り（もしくはそうであったとしても）当然のことである。季節や天気などについて、ことさら詳しく記述する場合、技巧がはいりこむと同時に、自分の〈ある日〉を外部の世界との関係のなかで位置づけることになる。つまり、暦の中におく、ということである。

ところが、『日日雑記』の〈ある日〉は、世間との兼ね合いによって同定される〈ある日〉ではない。

どの〈ある日〉も、生きられた時間ということであるのならば、確かに何年何月何日という暦の位置を持っており、同日の他の世間の出来事と並列し、また比較できるものである。『日日雑記』の〈ある日〉というのは、客観的な時間の流れの中で固定された日付ではなく、まさに〈ある日〉なのであり、それは、武田百合子というひとによって生きられた〈ある日〉としての輪郭しか持たない。

いや、時間ばかりではない。場所もまた、世間にしがらまれて固定されるものには限られない。不意に、夢のなかの風景が、そこにあらわれたりする。

だから、というわけでもあるまいが、事物やその運動が稠密に存在している時空間を鋼で切り裂き、現れた断面を言葉で繋ぎとどめた『日日雑記』は、意味が削ぎ落とされ、脈絡を持たず落ち着かないまま、それぞれの断面が光を放っているのである。

なんの光か。

消えゆくものたち、過ぎ去っていくものたちが、〈ある日〉に、武田百合子の意識に残した光である。

芝居見物のおばさんたち。電話をかけてきて、やり方〈暮らし方〉について説教するX氏。ぶらぶらしているわ、夜遅く帰ってくるわで、どうにも仕様のないと女に殺された男。実は泥棒で夜遅いのも仕方がない、なんだか可哀そうだと思う、新聞記事。富士の山小屋の向かいの沢にある会社寮の管理人さん。水族館で見た、サメ、エイ、バラフエダイ、オオコシオリエビにアカザエビ、その他生物たちのあれこれ。映画館の通路をへだてて右隣りの男。左右別々の色をした靴下の足を前の椅子の背にあげて腰掛けていた。飼い猫の玉。コールタールの溶けてゆく匂い。道端に積まれた古いタイヤ、捨ててある錆びた乳母車。湖畔の金物屋の、いつも帳場に坐っていた綺麗なおばあさんは去年の夏に亡くなって、二十数年前には生まれてまもない赤ん坊をおぶって打ち水などをして立ち働いていた若いお嫁さんは、いま孫をおぶって帳場に坐っている。猫の玉は、焼かれても大きくてしっかりした骨を遺し、骨をひとつひとつ誉めてくれた火葬係のおじさん。H（娘の武田花さん）のみた夢。おかあさんがいなくなって、埴谷雄高と大岡昇平がしきりに騒いでいる。

……

たくさんの、たくさんの、人たちや事物。事柄。

武田百合子という稀有な観察者によって、しっかりと輪郭を与えられた、そのときその場所にいる、確かにいた存在。

存在するものは、情景として文章で抑え込まれることなく、〈ある日〉を構成する。

——ある日。くっきりと富士山が見えた。うちの前の道の桜に、朝からさんさんと陽が射し、満身をぬくもらせていた桜は、午後になってこらえきれずに、一片二片と散りだした。

——鉄錆びにまみれた肉桂色の石がころがる線路のきわまで迫ってきている山の、山裾のところどころに、そよとも動かぬ竹やぶ。製材所の機械の音と、ときどき鳴くにわとりの声。どこかの家から微かに聞こえてくるテレビかラジオの歌。陽盛りの表を歩く人の姿はない。

——隅々まで鋼のようにはりつめた真青な空を、一かたまりの底光りする白い雲が茄子色の影を草原に大きく落として渡って行く。これ以上気温が上昇すれば煙をあげて燃えはじめそうな長々と続く一本道。虫下しの海人草をのまされたあとのように眼の前が白んで、まわり一帯が遠のいて行く。右手の草むらから滑り出てきた細い蛇が、朱色の縞の背中をくねらせ光らせ、首をせい一杯のばして前進、ひと息しては前進、炎天下のアスファルト道を横断して左手の沢にぽとりと滑り落ちた。

〈ある日〉に閉ざされているひとびとの話したことや、行なったこと、つまりは出来事として捉えられることの背景として退かず、見事にそのものとして言語化され、たちあらわれる事物群。情緒にまぶされず、しかし、武田百合子という観察者の情動が——繰り返すが、情緒でも感情でもなく——、事物に陰影をつけてその輪郭を浮かび上がらせている。

輪郭?

そう、日常の。

世界は、自分という観察者がいなくても存在する。

始まりもなければ、終わりもない。そして、無数のものがたえず、変化している。無数のものたちがそれぞれ生起し、それぞれ消滅している。連関はあるが、脈絡はなく、運動はあっても、意味はない。

世界にたちあらわれて、いなくなっていくもの。繰り返し、繰り返す。

ひとつとして、同じものはなく、同じことはない。それらのいちいちを自分は知らない。自分がいるまえから、生起と消滅は繰り返され、自分がいなくなっても繰り返される。

みな毀(こわ)れものなのに、世界はゆるぎなく在りつづける。

世界は、自分とは無関係に進行する。

だが、日常というものは、観察者がつくってやらなければ日常としてのかたちを持たない。つくってやる、というのは、意識するということだ。

ゆえに、『日日雑記』は、武田百合子という観察者が意識したもの、すでに死んだものたちの姿や話したこと、すでに消えてしまった事物たちなども、現前にあるものと並列して、同時に、〈ある日〉のなかにそっとおかれるのである。

流れゆく事物を扱う手さばきの清潔さが、〈ある日〉を明るくかたちづくる。

——いなくなった人たちに

いつのまにか、日常から、あそこにいたものたちがこぼれ落ちていく。

武田百合子もまた、いなくなった。

けれどもしかし、晴れやかな涼しさが、そこ――〈ある日〉に残る。

覚え損ねたあのひとの記憶／書き留められた大文字の歴史

――誰でも何かが足らんぐらいで　この世界に居場所はそうそう無うなりゃせんよ

遊郭の女性リンがすずに語る。

この世界の片隅に、ひっそりと、確固として生きている人々の居場所を、そうそう無くなりはしないはずの居場所を、しかし、ゆくりなく根こそぎ無くしてしまったものは何だったのか。

何が足りなかったというのだろう。

*

一九三四年（昭和九年）一月――「冬の記憶」

少女すずは、広島市の南端にある江波町の実家から、中心部の中島本町の料理屋に家業の海苔を納めるため、お使いに出かける。街に出た帰りに買おうと、森永のチョコレートやキャラメル、餡パンなどを思い浮かべながら。

一九二九年(昭和四年)から始まった農村恐慌は、農産物価格の暴落というかたちであらわれ、農家経営における農業収入を激減させ、同時に農外収入の激減をも引き起こし、農家経済を破綻させた。困窮し尽くした農民側の請願運動もあり、政府は救農議会ともいわれた一九三二年八月からの第六三臨時議会で、農村救済のため三カ年計画の土木事業を中心とした匡救事業を興すこととなった。これと同時に農村内部における自発的な奮起を促す目的を持った農山漁村経済更生運動、および経済更生運動の中軸的担当機関としての産業組合の拡充強化が打ち出された。しかし、つまるところ農家経営の改善は、自給自足、労働強化と倹約、精神運動に力点が置かれていた。農村生活を改善する目的で、「生活改善運動」や「新生活運動」などの名目で様々なキャンペーンが各地で繰り広げられていくことになる。

これより少し前、農村部が「国運発展上重要の関係を有する」、すなわち良兵産出地帯として位置付けられていたにもかかわらず、農村民の保健衛生に関しては閑却されていたとして、一九一八年の保健衛生調査会連合主査会の決議に基づき、農村衛生改善に資する目的で長期調査が行われた。その結果として一九二九年内務省衛生局より発表されたのが「農村保健衛生実地調査成績」である。農村の実態が初めて国家的視野で統計化されたものである。それによると、農村の生産率（＝出生率）は都市に比べて著しく高い一方、死産率は全国平均よりやや高く、乳児死亡率は全国平均に比して著しく高い（原因として畸形および先天性弱質、下痢および腸炎、肺炎および気管支炎、脳膜炎など）、農村住民児童および青年の体格をその他のものと比較すると体重・身長・胸囲は農村の方が劣り、壮丁（徴兵検査の適齢者）の体格検査において甲種合格は全国平均よりも多いが、丁種（兵役に不適なもの）も農村に多い、などが挙げられている。また、疾病では約八割が一人数種の寄生虫に感染しており、トラホーム、結膜炎、気管支炎、胃カタル、頸部淋巴腺肥大、高度の貧血、結核罹病が著しい。

身体頑健で従順、使い勝手のいい兵隊及び産業戦士（食料生産／工業的労働力）を生み出すだろうと期待されていた農村地帯の衛生状態が予想以上に良くないことが、この調査によって確認されたのである。

すでにして都市部と比べて、栄養状態、衛生状態が格段に悪く、疾病も多いところに、恐慌によって打撃を受けたのだから、とりわけ貧しい小作農層においての惨状は想像に難くない。

もちろん、都市の「貧民層」も、農村部とは労働形態や消費生活の様態は異なるとはいえ、食生活と栄養状態、被服や住居、衛生状態などの劣悪さという点では、さほど相違があったわけではない。にもかかわらず、一九二〇年代末より、とりわけ農村が衛生状態に関して注目されはじめ、都市との対比のもとに農村固有の問題として認識され、「農村問題」の項が打ち立てられていく。この背景には、一九二九年の恐慌に始まる農村困窮に対処せざるをえず、社会行政の対象が都市労働者から農村に移っていったこともある。

だが、何よりも人的資源供給地として、単に生産（出生）率を上げるばかりではなく、人口質の問題も政策の意思としては、その射程に入ってきたということなのだろう。

それゆえ、従来の都市を中心とした保健指導施策を農村部にも及ぼすため、保健所の設置を検討するといったことがなされたのである。しかし、結局のところ、財政的投下の代替として、一般農民の人的エネルギーによって自助努力し生活の改善を期待するにとどまった。

遊郭の女性リンが、子沢山の貧乏な家に生まれ、家の手伝いのため半年しか学校にも行けず、子守として売られたのが、こうした時代である。

一九三二年に文部省訓令「学校給食臨時施設方法」によって、貧困児童や虚弱児に対する国の助成による給食が始まった。ちなみに、開始当時の給食の内容は、「学校給食指針」によると、都市では「飯―胚芽米一合、スチウ―鮭缶、玉ねぎ、じゃがいも、にんじん、たらのでんぶ」、農村では「飯―胚芽米、コロッケ―鮭缶1/10、卵1/5、香の物」、漁村は「飯―大豆ご飯、鯖の辛煮、野菜の甘煮、香の物」といった感じである。

しかし、一九三四年（昭和九年）には、小学校尋常科在籍児童九〇〇万人以上のうち、給食を受けているのは約六〇万人、ほとんどは弁当持参であった。この年、秋田県では、欠食児童救済のため、家事の先生四人を東京市衛生試験所栄養試験部に派遣、イナゴ、ドングリ、ワラビの根、ゴボウの葉などの調理を研究させた。代用食研究は、なにも太平洋戦争下において、始まったわけではないのである。

都市と地方、階層間の格差は激しく、貧しい家の子どもたちは、子どもであることを許されないまま、飢えていた。

すずが楽しみに思い浮かべたキャラメル。

一九三一年（昭和六年）には、キャラメルが値下げ競争の時代を迎える。大竹のバナナ・キャラメルが三〇粒入りを一〇銭で売り出すと、明治も一〇銭を八銭に値下げして対抗、森永は二〇粒入り一〇銭を維持する代わりに三〇銭分買ったものには模型の紙飛行機を景品につけた。

子どもの頃のリンは、キャラメルやチョコレートを口にすることができたのだろうか。

海苔を納めにお使いに行ったすずは、ばけもんにさらわれて、背負いカゴに投げ込まれる。

同じくさらわれて、先にばけもんのカゴに入れられていたのが、のちにすずの夫となる周作。

二人は、ばけもんの晩御飯にさらわれたらしいが、すずの機転によって脱出。その時、「ばんめし抜きは気の毒なけえの　いくらばけもんでも」と周作は、寝ているばけもんの手に、ミルクキャラメルをそっと置く。

無事お使いの海苔を納めた帰り、すずは、ミルクキャラメルを三つ買う。

――わたしは　よく人から　ぼうっとしていると　言われるので／あの日の事も　きっと　昼間の夢だと思うのだ

それと知らずに交錯していた、あの人との生の軌跡。キャラメルの甘い香りだけが、記憶に残る。〈あったこと〉は確かな事実であったとしても、それを認識しなければ、記憶することもないし、記憶することがなければ思い出すこともない。ひとの生は、無数の思い出の集積であるならば、記憶されなかったことはなかったことになるのか。

キャラメルがすずと周作の最初の交点となった日の翌年、すずとリンは、記憶されたであろうが、それをそれと知ることなく、交錯する。

広島の西、草津に住む祖母と叔父叔母夫婦の元に、スイカを持って訪れたすず一家。祖母は、毎年すずに着物を仕立てて待ってくれている。

すずたち三兄妹が昼寝をしている祖母宅の座敷の天井裏から、一人の少女がそろりと降りてくる。少女は、食べ残されたスイカの皮を手に取る。端切れを継ぎ接いだ少女の着物の一部は、作ってもらったばかりのすずの着物と同じ模様だ。そのことに、すずは気がついていたかどうか。

目を覚ましたすずは、そこにいるはずもない見知らぬ少女に向かって何の気なしに「こんにちは」と挨拶し、スイカをみな食べてしまったことを謝り、祖母にもらいに行く。戻ってきたら、少女はいない。周りの大人たちから、ここに子どもなどはいるはずもなかろう、寝ぼけていたのだとからかわれるが、祖母ひとり何かを知っているようで笑っている。スイカも、放っときや、あとで食べに来んさってよ。祖母の裁縫箱に、すずや少女の着物と同じ布を見つけたすずは、「着物もここへ置いとったら着に来てかねえ?」と言って、祖母に優しい子だと頭を撫でられる。

あの少女は、座敷童子かもしれない、と兄は言う。

潮が引いた夕暮れの浜辺、牡蠣の試験養殖のいかだを遠くに眺め、帰り道、心地よい疲れに景色もひとも優しくかすんで見えて、すずは、座敷童子が祖母に着物を縫ってもらっている情景を朧に見る。

それは、誰の記憶だったのか。

＊

スイカ、キャラメル。

一九四四年（昭和一九年）八月。

配給の砂糖をうっかりと駄目にしてしまい、闇市に求めに行ったすずは、闇砂糖のあまりの高値に放心して、道に迷ってしまう。

途方に暮れて、道端にしゃがみ込み、地面に小石で絵を描く。

それをスイカ、キャラメルだと読み取った朝日遊郭二葉館の女がリンだった。

スイカは、リンとすずを繋ぐ、微かに青みを帯びた涼しい甘さ。

キャラメルは、すずと周作を繋ぐ、懐かしさのように柔らかく温かい甘さ。

すずもリンも、そのことは知らない。

リンはすずに、広島から来たのかと尋ねる。すずが実家から婚家に持ってきた着物で仕立て直した戦時用服の柄を認めたからだった。「うちも広島に居ったんよ。そんとな柄の入った着物をもっとったけえ、なんとのうね。広島で流行った柄なんじゃろか」。すずの着物は、子どもの頃、祖母に作ってもらったもの。リンがあの時の座敷童子だとは、すずは気がついていない。

あの日、あの場所で、同じ空間を生き、互いに交わり、それは一瞬のことなのだけれど、確かに在ったこと。お互いがそれぞれ記憶を分かち持っているはずなのに、いまこのとき、想起されることなく、仮に想起されたとしても、それぞれの記憶が擦れ合い、再び組み合わされることはない。

ひとの生の、なんという危うさ。

初めて会ったと互いに思うリンとすずは、ごく自然に心を通わす。

同年九月。

リンとすずは、しかし、周作を媒介とした別の線で繋がれていた。

周作との穏やかな結婚生活をしみじみと幸せに感じるすずは、いまのこのひとときは夢かもしれず、醒める不安を潜ませながら、「今のうちがほんまのうちならええ思うんです」と周作に語りかける。


——過ぎた事　選ばんかった道　みな　覚めた夢と変わりやせんな

周作のいう、「選ばんかった道」とはなんだったか。

妊娠かと思い当たり診察に出かけたついでに、すずは、せがまれて描いたスイカやはっか糖、あいすくりいむなどの絵をリンに届けに寄る。栄養不足と過労による戦時下無月経症であったと診断されて、ヨメのギムを果たせないと落ち込むすずを、リンは慰める。

周作には、かつて嫁に来て欲しいと思った女性がいたことを、すずは図らずも知る。そして、リンの語った「ええお客さん」が周作であり、リンこそが周作のかつての想い人であることに気づく。

——知らんでええことかどうかは　知ってしまうまで　判らんのかね

国家が目論む身体の品質改良は、究極的には遺伝子からの品質改良に向かうことになる。すでに一九三三年六月、日本民族衛生学会は日本橋白木屋に優生結婚相談所を開設し、結婚、育児の諸問題に関する相談と輔導を行っていたし、各地にも民間の結婚相談所があった。健兵健民政策に呼応して優生結婚が本格的に奨励され出すのは、国民優生法が公布された一九四〇年四月以降である。遺伝的に健全なる結婚、適齢結婚、優秀な子女を多数生産することを主目的に、血族結婚や花柳病（梅毒などの性病）、遺伝性・悪質伝染疾患の患者や「精神病」患者の結婚を制限することに重点が置かれた。「健全」ではないとされる疾患を持つものには非常な警戒が持たれる一方、傷痍軍人との結婚は、「不具」になる以前は健康で健全なる精神を有していたとの理由で奨励された。例えば埼玉県大越村の弥栄結婚相談所は、親が申し込み、娘の年齢、身長、体重、健康状態、性質、家庭、宗教、趣味、支度、再婚の場合は死別か離別か、連れ子の有無、病名健康診断、相手方への希望として容貌、体格、財産と収入、家柄、教育、年齢、職業、勤務先、住所、尊属兄弟姉妹の姓名、年齢、職業、勤務先、学校名、住所、死別近親者の病名、年月、その他親族に関しての情報、戸籍謄本、身分証明書、履歴書、写真を提出するという仕組みだった。衛生観を軸として、健康というものに対してシステムの目的に合致した価値観が付与され、選別と排除の思想が育成されていくことになる。

一九四一年七月に文部省教学局が出した「臣民の道」は、総動員体制下、〈私〉の精神も肉体も営みも全て家族を通して天皇に収斂させていく天皇制家族国家観を基軸に、日常生活の隅々まで国家奉仕を実践する在り方を説いたものである。子孫繁栄のため、子どもを産み、将来御国に奉仕する国民となるべく子どもを訓育するのは家の役目であり、その家が隣保団結し、各種の規定規則で律された隣組・部落会・町内会を通して国家奉仕し、国家秩序を確固とすることが目された。「ご近所仲良く隣組」は、一方でしかし相互監視システムであり、国民防空の意識を浸透させ個人の動きを徹底的に管理する末端組織であった。

厚生省社会局の「優良多子家庭の表彰に就いて」（一九四〇年）や「人口政策確立要綱」（一九四一年）に見られるように、まず沢山子どもを産むこと、そしてその子どもの品質を保持し高めること、それが家の役目であったのである。子どもの品質を保持し高めるには、「遺伝的」なことばかりではなく、もちろん食を整え、衛生管理することが重要である。それらはつまるところ、嫁＝母の責務とされた。

＊

昭和二〇年（一九四五年）一月。

すずが鬼いちゃんと呼んでいた兄は、白木の箱に詰められた石ころとなって帰還する。

同年四月。

すずに南の島の絵を雪上に書いてもらい喜んでいた遊郭の女郎テルちゃんが、肺炎で亡くなったことを、すずはリンから聞かされる。

同年六月。

すずは、自分の右手とそれに繋がれていたはずの義理の姪晴美を喪う。

同年七月。

呉を断続的に襲う空爆で、リンも命を落としたであろうことを知る。

同年八月。

広島に原爆投下。秋も深まってすずは、ようやく家族の消息を知る。床に伏せる妹から、おそらく当日母が、そして秋には父が亡くなったことを聞かされた。

一九三七年「防空法」が制定される。第一次大戦に使用された毒ガス対応を中心としたものから、一九四一年改正により焼夷弾攻撃に対する防火・防弾が追加された。「防空法」は、予想される空襲から国民を守るためのものではない。軍が行う防空活動と一体となって、国民に防空義務を課し、国防目的に奉仕して国家体制を守らせるものである。自発的参加を装った隣組での訓練と、相互監視による規律の内面化によって、国民は逃げないことを身体に刻み込まれる。逃げないのではなく、逃げられないようにすること。逃げられなくされた国民が、個人よりも家、家よりも町、町よりも国家を守るようにする、それが「防空法」の主旨である。

——飛び去ってゆく　この国から正義が飛び去ってゆく／暴力で従えとったいう事かね　じゃけえ暴力に屈するいう事かね／うちも知らんまま死にたかったなあ

＊

資料として残された歴史、大文字の記憶。それは一体、誰のものなのだろう。国民の記憶、国家の歴史として語られるものは、あの人の記憶、かの人の記憶と、擦れ合うようで重ならない。同じ空間に遇して一瞬共に生き、その場所その時を分かち持っているはずなのに、リンとすずの記憶が重ね合わされることのないように。

　夢見られたこと、叶わなかった夢も、夢見たということがある限り、一つの記憶であり、歴史である。それが、悪夢に過ぎなかったとしても。

　無数の記憶の集積が、ほかならぬこのわたし。他者の欠片からなる、このわたし。このわたしの欠片が、飛散して、誰かの記憶として保たれる。

　――わしが死んでも　一緒くたに英霊にして拝まんでくれ　笑うてわしを思い出してくれ　それができんようなら忘れてくれ
　――人が死んだら　記憶も消えて無うなる　秘密はなかったことになる　それはそれでゼイタクな事かも知れんよ
　――うちしか持っとらん　それの記憶がある　うちはその記憶の器として　この世界に在り続けるしかないんですよね

　だからこそ、いずれは死にゆき、欠片すら無く痕跡すら無く完全に消滅してしまうからこそ、ひとは理不尽に殺されることなく、殺すことなく、とりあえずこの今を生きていかなければならないのだ。

ひとは、だが、今ここで生きているこの今が、どのような大文字の歴史として語られるのか、のちの人々がどう解釈するのか、わからないで生きている。裁定できるのは、すでに過ぎ去ったものばかりであり、現在を解釈し裁定するのはまだ来たらない未来の者たちの特権だろう。

そうすると、ようやく気づく。『この世界の片隅に』差し出されたこの記憶、すずの、リンの、周作の、水原哲の、それらの記憶が、私の知っている大文字の記憶と並べられた時、ふっと、この私のこの現在の影がよぎるのを。

主要参考資料

江原絢子・石川尚子・東四柳祥子『日本食物史』、吉川弘文館、二〇〇九年。

小菅桂子『近代日本食文化年表』、雄山閣出版、一九九七年。

高木和男『完本 食からみた日本史』、芽ばえ社、一九九七年。

芳賀登・石川寛子監修『非常の食 全集 日本の食文化〈十一〉』、雄山閣出版、一九九九年。

水島朝穂・大前治『検証防空法——空襲下で禁じられた避難』法律文化社、二〇一四年。

『日本婦人問題資料集成』第二、五、七巻、ドメス出版、一九七六—一九八〇年。

『家の光』産業組合中央会。

雑賀恵子「有用な身体への配慮を巡って——一九三〇年代新生活運動を中心に」、『寄せ場 日本寄せ場学会年報』第六巻、現代書館、一九九三年。

たじろぎ、あわいに立つものは

いささか迂闊といえば迂闊なのであるが、おままごとというのが、食事の調えをまねぶ遊びだということをもちろん知ってはいても、それが「御飯事」と漢字にできる言葉だということを考えたことはなかった。問われれば分かるはずではあるが、幼き者たちのごっこ遊びの頼りなげな指使いに相応しいような、やわらかく、可愛らしい語感だと思っているばかりだった。おままごとというと、座敷や庭に敷物をして、その上を小さな茶の間に見立て、食事に関わることの所作の真似事ばかりではなく、子供たち数人で会話や家族関係の模倣をする、そんな遊びの風景が、どういうわけか目に浮かぶ。と同時に、こまごまと小さい調度品やら道具類をまるでおままごとのようだとか、自らの拙い仕草やこしらえものを謙遜したり、他人の場合などは揶揄を含ませて、おままごとと評したりしていた。

まま、あるいはまんまというのは、幼児の喃語から来ているのか、とても発音のしやすい言葉だ。舌を動かすこともなく、口を閉じたまま鼻腔に空気を流すだけで発音できるmと、筋肉をゆるめたまま発音できるaから構成されているので、おそらく発声器官の未発達なものでも楽に出せる音だろう。そうだとすると、乳幼児にとって、「ま」を用いる単純な単語が、もっとも近しく、大切なものを表す言葉として選ばれるのは当然のことのようにも思えてくる。飯そのものや食事のことを指すだけではなく、乳を与える女性のことを呼ぶのにも、まま（＝乳母）と言ったりする。日本語ばかりではなく他言語でも、この言葉が使われたりしているのは、おそらくそういうことなのだろう。食べたものが美味しいという「うまい」や「あまい」も、もしかしたら「まま」という言葉と関係があるのかもしれない。

ままの事であるから、事をなすには、材料を集め、不要なものを取り除き、洗い、切ったり、刻んだり、潰したり、下味をつけたり、焼いたり、煮たり、炒めたり、茹でたり、蒸したり、揚げたり、天火に入れたり、塩や砂糖、醤油や味噌や香辛料、その他のさまざまなもので味をつけたり、濾したり、冷やして固めたり、さまざまなこしらえをし、盛り付けにも工夫を凝らす。それぞれの過程に応じて、実にたくさんの種類の道具類がかかわってくる。そしてまた、気がつけば季節折々、家族の、地域の、くにの共同体の行事折々に相応しい料理というものが、日常の暮らしの長い長い積み重ねの中から紡ぎ出され、風習となっているので、それが献立を選ぶ日々の思いの折り目となる。

思えば、ままごと、そのものの意味であればご飯支度というのは、人間にとって欠かせないものである食事のこしらえであるから、古代よりいまもなお無数の試行錯誤を繰り返し、工夫が編みこまれ、積み重ねられてきた知の集積であり、何であれそれが人々の暮らしのなかに埋め込まれ、意識を染め上げるまでになると文化と呼ばれうるものになる。生きもののなかで、自分の食べるものに対して加工をしたり組み合わせて味をつけたりするのは、人間くらいのものではないだろうか。ひたすら、人間は、食べものを巡るものやことを通して営みの厚みを深めてきたようだ。

だから少し大仰にいえば、おままごと遊びとしてご飯支度をまねぶということは、遊びながらの技術の習得であると同時に、調理にまつわる技法や道具に籠められた知との無意識の対話であるのかもしれない。そしてまた、幼い自分の身の近しいところにいる人びと、自分を食べさせ養い育ててくれる人びとの、所作や嗜好やら、ものをどう見て、どう対処するかということを、自分の身に刻み込んでいき、その記憶を受け継ぎながら、自分のかたちをつくっていくことでもあるだろう。

『苦海浄土』はもちろんのこと、作家・石牟礼道子の作品の多くは、乳飲み児の頃から生涯のほとんどを過ごした水俣の風土にしっかりと繋ぎとめられている。

口絵に自身の手になる料理の写真を載せて、食べる事にまつわるエッセイを連ねた『食べごし

らえ おままごと』には、石牟礼道子の父や母や、そのまた父や母や、叔母らのことごとが書き留められる。農協グループの広報誌に連載された文章を本にまとめたもので、「その直前まで何が出来るかわからないほど、即興的に作ったものが多い。ご参考にはなるまいと思うけれども、素人の手すさびと思っていただければ幸いである。」などと書かれているが、この写真の、料理にそぐうよう選ばれた食器に飾り付けられ彩り美しく盛られた品々は、素朴ながらも下ごしらえから手のかかった、丁寧に作られたものである。あしらいもののほかに草花も添えられ、苴(かいしき)には、どこで摘んだのだろう、葉が敷かれたり、箸置き代わりに笹が結ばれたり、調理だけではなく、盛り付けをするときに、どうしよう、ああしようと細やかに、そして楽しげに思い巡らされただろう気遣いが伝わってくるようだ。

「こと」の意味のひとつには、行事や儀式というものがある。それで、ままごと遊びは、元は特別な行事の食事の真似ごとであったとされることもあるようだが、それはともかく、特別の食べごしらえをするのを石牟礼の母は「ものごとをする」と言っていた、とある。

「いつ、ものごとをするかわからんで、煮染草なりと集めておかんば」

口癖にそう言って暇さえあれば干し野菜を作る。

ものごとの日、直径六十センチばかりの大鍋にまず、大きな新しい煮干しをわらわらと底に敷く。水を張り、砂を取った昆布を長いなりに折って十本ばかり入れる。戻した干しつわ蕗、干し蕨、干し大根も長い姿のまんま揃えて入れてゆく。お精進のときの干し野菜は、油でいためてから右のようにする。

（『食べごしらえ　おままごと』）

生大根は、さすがに、一本丸煮るということはないが、ニンジンなら切らないで一本ながら鍋に並べてゆくのだという。食べごしらえに興味をおぼえはじめた頃の石牟礼は、大雑把に思えて抵抗を感じ、ゆくことがあってお医者さまの家でたまたま見た、器に盛られたお煮染の人参や牛蒡が小さく切り揃えられているのにびっくりし、自分の家のは田舎流だと思った、とある。

だが、じっくり煮含められ煮上がった野菜を、寸法を合わせて切り揃えると、切り口が綺麗で、青絵の大皿に盛り付けると豪快、こうしたやり方や、バカ盛大に作る気風というのは、石牟礼姉妹に受け継がれる。それを石牟礼は、「遺伝した」と表現する。

干し大根、人参、牛蒡、里芋、蓮根、干しつわ蕗、干し蕨、干し筍、干し芋がら、椎茸、揚げなどを、煮干しのおダシで煮込む。冬野菜の味がしみあったお煮染で、お精進のときはこれに高野豆腐が加わる。「冬野菜の味が渾然としみあって煮染とはよくぞいうと思う」というだけで、どのような味付けなのかは記されていないのだが、おそらく、それぞれの野菜が、良いダシをゆるゆるとお汁に溶け込ませ、お互いに染み「合う」、料理とはどんな単純なものでも関係性の問題なのだ、きっとそうにちがいない。

春秋の彼岸、三月の節句、八幡さまの祭、五月の節句、田植、稲刈、麦蒔き、麦仕納（むぎしの）、川祭、七夕、八朔、山の神さまの祭、十五夜、月々の二十三夜待ちと、年中行事のたびごとにこしらえた。川祭とは村で使う井戸の神さまの祭である。それは農作業の陰暦と密接に結びついた食べごしらえだった。（同前）

生活と生産とが渾然一体となり、どこからどこまでが経済を伴う生産活動であり、どこからどこまでが暮らしの営み、生活であるかが曖昧な、昔ながらの農業は、季節の移り変わりによって日常の時間の密度が変容し、色合いを変える。均一に流れ、均質であるから分割可能であり、配分され、計測されうる工業的な時間とは全く異なるのである。

だから、節目の行事は、暮らしの時間が緩んでしまわないよう、しっかりと生活の底を支えているのだろう。

節目節目に作られる、その家の、その共同体の料理は、何代も前からそれにかかわった人びとの思いが積み重なってかたちづくられており、また次の世代に継承されていく。

その家の者は、その共同体の者は、料理を作る者の所作を学び、味付けを感覚器官で受け止め、慣れ親しみ、身体の奥底に沈めて記憶する。

石牟礼の生家は、歳時記風の行事をとりわけ大切にする家だったらしい。それぞれの節目の行事に応じた食事は、作るにおいても、食べるにおいても、いくつもの真似られたものたちの影がよぎる。いや、おそらく、行事の食事ばかりではなく、食にはこうした影たちが纏わっているのだ。石牟礼は、擦過する影を優しく慎重に捕まえて、文章を綴る。食べもののことを書いていても、したがって、そこから立ち現れるのは、いまはもう過ぎ去ったかもしれない人びとの姿である。

七草粥。粥のための草摘みは田の畦にゆき、あるかなきかの芽を指さして、蓬、すずしろ、小さな子が覚えて摘めるまで教えられる。父は七草粥をことのほか厳格に作らせるが、頂くときはほとんど床の中で、正月酒をのみすぎていたにちがいないと石牟礼は思う。それが、熱いのを盆に捧げてゆくと、居ずまいを正しながら起きて言う。

「七つの草をいただくというのは、いのちのめでたさを頂くことぞ。一年の祈りはここから始まるのじゃけん、しきたりはちゃんと守らんばならん」。

七草粥のために摘まれた蓬は、三月節句の折には草餅づくりになり、母はたいそう張り切って、幾日も前から蓬を茹であげて、大きく丸めて、四〇も五〇も干し並べる。

そんなにたくさん、とまわりから言われぬうちにこう言った。

「五月の節句もすぐ来るし、田植えもじゃろう。梅雨あけの半夏の団子にも要るし、七夕もなあ、そしてすぐ盆じゃろう、十五夜さんじゃろう。正月にはまだ足らん」

餅も団子も二斗ぐらい作らんば、人にさし上げようもなか、と言う。餅搗きも団子の時期も、準備が大ごとだった。いやいや、田を植え、草を取り、麦の種をまいて刈り入れるとき、小豆や夏豆を植えて穫り入れるとき、すべてすべて、餅や団子を作るたのしみのため、汗を流していたといってよい。

（同前）

母は、草餅ばかりではなく、お煮染も、なんでも、おいしいものを、豪快に、桁外れにたくさんこしらえ、それをおいしいうちに方々へ配る。

この慣わしもまた、お煮染のこしらえ方やたくさんつくることと同じく、石牟礼にならわれ、受け継がれた。

ここで語られる農作業は、生産活動という社会経済の範疇に属する言葉では捉えきれない、人びとの営みとしてある。

田植えも、雑草を取るのも、刈り入れも、作業そのものとしてはおそらく、苦労の多い、辛い労働ではあるだろう。しかし、腰を曲げ、筋肉をきつく使いながら、その思いは、時間の節目となる行事を待ちのぞみ、行事のためのおいしいものをこしらえるという一点に集中され、おいしいものは家の者に味わわれるばかりではなく、ご近所さまや親しきものたちと分かち合い、それを慣わしとする。

それらをたのしみ、ということばに石牟礼がしたとき、無数のつながりのなかで生きて在る人の輪郭がくっきりと浮かび上がる。

たとえば小さなわたしが畑についてゆき、麦踏みをしたがると、もうすぐ唄語りするように、囃かけるのである。

ほら、この小麦女は、
団子になってもらうとぞ、
やれ踏めやれ踏め、
団子になってもらうとぞ。

幼いわたしはそっくり口真似して、二人は畑で踊っていたといってよい。写真を出してみる。若き母は天女のようにあどけない。小豆や夏豆の時期にはこう囃した。

ほらこの豆は、団子のあんこになってもらうとぞ、鼠女どもにやるまいぞ。（同前）

三つや四つだったかの石牟礼も、母の口真似してはしゃぎながら手伝い、幼いながら一人前の気持ちになる、という。

子どももまた、生活と生産を一つにする家の成員として役割を果たしていた。もちろん、近代国家日本は、「子ども」を公教育によって国家の臣民となるべく訓育すべき存在と位置づけ、一八八六年の小学校令により尋常小学校を設置して義務教育化している。一九〇七年からは、義務教育の修業年限が四年から六年に延長された。一九二七年生まれの石牟礼の時代では、公教育制度の範疇においては、義務教育年齢の幼年者は労働者として扱われることはない。とはいえ、現実の生活はそういうところで動いているわけではない。

わたしどもの生い育った時代と生活環境では、過保護どころか、もう幼い頃から、今なら過酷とも思いちがいされかねないが、大人たちの働く場所に子どもたちもまつわりついていて、結構役にも立っていた。お手伝いの稽古というのとも違い、幼い年齢相応に、一人前の人格と責任をそなえたものとして扱われていた。（『陽のかなしみ』）

小学校へも行っていないから字が読めないと、愚かなふりをしつづけているという母が、手作業をしながら唄語りするように口ずさむ囃というのは、どのような抑揚でどのような節回しなのか、遥か昔よりその地で生きた人びとが使い慣わしたことばを、肉体の器官を通して吐かれる息がつくる時、自然と奏でられるものなのだろう。肉体の底から不意に湧き上がってくる、本来的な、歌、というものかもしれない。

母の口から思うがままに紡ぎ出される言葉には、植物も、動物も、生きものとしてすべて、すべてこの世で擦れ合い、かかわり合い、お互いがお互いに染み合い、切断されない関係で構成されているような世界の在りようが滴っている。

おぼつかない幼い子どもがそれ相応に一人前の人格と責任を備えたものとして扱われていたように、鼠は忌まわしい害獣としてではなく、一個の確たる鼠として扱われ、「団子をやるまいぞ」と相手にされる。小麦でさえも「この小麦女は、団子になってもらうとぞ」と一つの格を持ったものとして扱われる。地に根ざしたことばは、使い慣わされて練れ、醸成され、柔らかいふくらみを帯びて、命あるものを包みこみ、ひとしなみのものとする。

言語では抑えきることのけっしてできない個物群からある性質を抽出し概念化して名称を付与し、定義し、類として括りこむ。逆に、概念から演繹して、個物を一様になめされた一般物として、固有性を剥奪し、埋没させる。どちらともつかない、曖昧なもの、異物、不確かに揺らぐもの、そうしたものたちの存在を許さず、言語で抑えることによって管理し、支配する。そうして、存在する個物群を分割し、それが「分かる」ということ、理解するということであるとする。「分かる」というのは、切断することなのだ。近代産業社会における学校教育が、おおよそそのような言語を子どもたちに叩きこむものだと仮にするならば、母の唄うことばは、蒙昧な、戯言にすぎないことになるだろう。

寓意としてではなく、母の歌うことばをおぼつかなげにも真似て、肉体に沈めていった石牟礼は、分け隔てするということなく、周りのものどもの存在を感じるようになったのだろう。

今はヘドロの下に埋まってしまっているが、世にも美しかった土手を、目に見えない妖怪たちや、小さな土俗神たちの天地であったと回想する。芒におおわれて光っていたこの土手を、付近の人びとは、神聖な場所として、畏れ、敬っていた。幼い頃の石牟礼は、一種神隠しにあうような感じでこの土手に這入りこんでは、一人遊びをしていたものだという。

そこはまた、狐たちの眷属も棲んでいるのだと、村の年寄りたちの夜さり語りに、きいていたので、金泥色の逆光の中に沈みこんでかがんでいるうち、いつしか自分も、白い狐の仔になっているのではないか、と思われた。

お稚児に結った髪の上に、黄色や白や、うす紫の野菊を、つんでは乗せ、つんでは乗せて、だんだん、人間の子になってゆく、という思いが、神秘な感じだった。

はじめは見えたような気がした尻尾が、見えなくなって、

「にんげんの子になりよる」

と思ったものである。

（『不知火ひかり凪』）

切断され、分類されることなく、つながり合うものたちは、なにもこの世に実在するものとは限らない。けものでもなく、ひとでもなく、そのあわいに、かそけく在るもの。生者でもなく、死者でもなく、漂うもの。過ぎ去った時間に閉じ込められたものでもなく、まだ来たらない時間をのぞむものでもなく、現在にいるということも確かではなく、遍在するもの。そうしたものたちが、そこいらにおり、それらの影が肌を染めることをさして不思議とも思わないでいる人たちが、幼い石牟礼の周りにいた。

会社病院の裏に、毎日、毎日、酸漿（ほおずき）を覗きにゆく。小さな袋を持ち始めてふくらんでゆき、草色の提灯のつけ根が、ほんのり朱色になってゆくのを眺めていると、中に包まれている珠がどんな風になっているのか、あけてみたい気持ちにかられる。着物の膝前を汚して、四つん這いになって眺めている。

「ああいうところに、長うしゃがんでおれば、死人さんの魂の、ひっ付きに来なはる」というのが母の心配で、そういえば熟れて来た酸漿のとんがった外皮を解いてやると、赤児の仏さまのようなまんまるい珠がつるつる光って、坐っている。

赤児の死人さんの魂が、この中にはいっているのかと、早くほどいて見たいような、しかし熟れないうちに破ってしまえば、中の珠がぐじゃりと腐ってしまいそうな困った気持ちになって、四つん這いのまま後退りして、小学校の方へゆこうか、洗濯川の方へゆこうかと迷うのだが、酸漿の自生している会社病院というところがやっぱり気になって、低い土手を行きつ戻りつするのだった。

（『蝉和郎』）

会社病院とは俗称で、チッソ工場の付属病院のことである。病院の裏の自生の一群は、死のある場所でもあったので、生命の小さな威厳とその神秘を思わせたが、仏壇に供えた酸漿の枝を親が下してくれたものは、自由に扱ってよく、幼女たちは、行列をつくってぐるぐる廻りながら唄いはじめる。「中の中の／影法師っさん／目えも口も／ござらぬ／目えも口も／ないならば／米のまんまも／食やならぬ／粟のまんまも／食やならぬ／（…）お米も粟も食えんなら／何のまんまも／食やならぬ」。川も渡れぬ影法師に、「ほおずき提灯／七百七十七と一つ／みんなで連れてゆくほどに／ひいふうみいで／飛びやんせ／飛びやんせ」と声をかけると、影法師になった子が目をつぶったまま立ち上がり、おずおず歩いて、パッと翔ぶ。そして目をあけて、目の前にいた子にとり縋ると、とり縋られた子が次の影法師になる。

子どもの遊びとはいえ、いや、だからこそか、死の匂いがうっすらと漂う。影法師とは、もしかして、この世に生まれ損なった水子やら、あどけないまま死んでしまった子どもなのかもしれない。それが影法師となって、生きた子どもとともに遊ぶ、生きた子どもは連れ去られないよう、唄をうたって影法師をあちらの世界に返そうとする、そんなことが日常ありふれてあるのかもしれぬと、石牟礼の文章を辿りながら思う。

少なくとも、石牟礼は、幼いときから、そうした夜をいくつもくぐり抜け、身をつくってきたのだろう。生きている日常は、さまざまなものが行き交い、出入りし、擦れ合っては別れていくものであって、石牟礼は、自らのからだの穴ぐらに、飲みこんだり、食べたりしながら、それらの欠片をしまいこんでいる。そして、それらのざわめきに身をそよがせているからこそ、ひとの世の罅(ひび)割れを哀しみ、悼み、震えながら怒ることができるのだろう。

社会的存在となった人間の五官とは、植物を含めて虫とか魚とか動物とか、それらの総体としての生物を、どのくらい象徴しているのでしょうか。たとえばわたしのあしのうらは、根づこうとする木のように、水の中で模索する藻のように、発酵してやまぬ地上の出来事や、満ちてくる水の気配を探っています。髪の毛の一筋一筋は、闇の中から生まれる光を触知するためにそよぎ、躰じゅうの毛穴は、這う虫のように地の塵を払い、内に蓄えてやまぬ毒を吐くために呼吸しています。

(『陽のかなしみ』)

それにしても、ものごとをする、モノ・コトをする、とは見事に言い切った表現だと思う。そこに集められたモノには、育んだものたちの、生きものの命のつながりが籠められ、コトには、受け継がれてきた智慧や技が籠められている。

そのなかには、去ったものたちの伝えられなかった念(おも)いも沈んでいる。

それらが、響きあう。震える。ざわめく。

ものごとをする、というのは、それらの、つまりは魂のざわめきを鎮める祀りでもあったのかもしれない。

幼きものたちは、それと意識されぬうちに、おままごとという遊びを通して、このざわめきを受けとめる訓練をする。感覚を研ぎ澄まし、言語化されえぬものと共振し、みずからもまた響くために。

生のたのしみ。生の厚み。

だからこそ、だからこそなのだ。失われたものはなにか、がいまいちど問われねばならない。

土本典昭監督による水俣病の記録映画『水俣　患者さんとその世界』が、完成後二二年ぶりに撮影の舞台となった集落で上映された時のことを、石牟礼は「病気の昔もなつかしか」(『潮の呼ぶ声』所収）というエッセイに書いている。登場する患者たちのうち、生き残っている人びとは一〇人足らず、支援者に囲まれて姿を見せる。フィルムに留められている、まだ初々しい姿に、髪に白いものが混じり、今はもう全く歩けなくなっている人が、「ほう若さよ!」と嘆息する。女衆たちの魚の餌にする団子づくりには、どの家も秘密の工夫を凝らす。

（…）不知火海の漁というものが、いかに心ゆたかな古代的牧歌のあそびの世界であったことか。

渚辺や舟の上で、鳥や魚に呼びかける女たちの声は、ほとんど歌垣の発声を思わせる。日本民族のもっとも基層的な富であった情感の世界がここにあった。それがいま滅ぼされつつあるという思いがこみあげる。今この国のどこに、豊かさの本源といえる基本的な労働があるだろうか。

失った世界へのいつくしみと哀情は、見せかけの郷愁を鼓舞され目指すべきものとして大文字の言葉で語られる美しい日本などというものに向けられるのでは、断じてない。

「この世と自分との反りのあわなさの間に、風土がわだかまっているのではないかと感じながら、いつも不知火海を渡るのです」(『陽のかなしみ』)——ひとの、けものたちの、魚たちの、鳥たちの、草木の、大地の、海の、癒えることのない苦しみは、そしてそれでも織り紡がれる生の厚み、たのしさは、ざわめきにたじろぎ、あわいで立ち往生しているもののことばで、ぎこちないまま、手渡されるものなのだろう。

II

モンスターとはなにものか

たしかに見損ねた夢の集積場がフィルムであったとするならば、映画のモンスターたちは、わたしたちが記憶からかき消し、忘却してきた敗者の化身だ。

たとえば、吸血鬼。

姿かたちはおぼろにかすみ、なまぬるい風になぶられる樹々のそよぎなのか、夜の帳を裂いて跋扈するもののけどもの影なのか、いずれも見分けがつかない漆黒の闇の世界。無数のネズミたちが疫病をまき散らし、ついこのあいだまで頬を薄紅に染めて無邪気に笑っていた若い乙女も、唇さえ色褪せ、落ち窪んだ眼は熱にぎらつき、しなびた肌は紫斑に沈む。鎖された街の瘴気たちのぼる一隅に、病者は死者とともに生きたまま打ち捨てられる。死者と生者のあいだをあざ笑うように漂い、吸血鬼は不死の倦怠に吐息をつく。だが、知の光は、闇を切り開き、瘴気を吹き飛ばして、病原菌を発見した。眩(まぼゆ)い光に晒されて、もののけどもは惨めな姿をあぶり出された。も

の の形は、知によって輪郭が明確にされるとともに分別され、分類される。魔術や古い信仰は、迷信だと失笑されて、闇を支配した吸血鬼は知の白い光とともに、灰となって散らされざるをえない。

たとえば、人狼。

ただひたすら野生の掟に従って、理非を問うことなく、誇り高く生きるけものたち。それぞれがおのれの在る環境を探り、その環境に適した姿かたちを獲得し、その環境の中でよりよく生きられるような技法を編み出して、いまこのときを疾駆する。かかわりあったものたちは、お互いが敵であれ、仲間であれ、捕食対象であれ、ただのすれ違い、たまたまの居合わせたものであるにせよ、根源的なところで繋がり、なにひとつ無駄なものはなく、必要であるということを、わかっている。だから、敢然と生に立ち向かい、逃れざる運命を従容として受け入れる。だが、人間たちは、自然の掟から離脱し、身体が備え持つ能力をはるかに超えた力を手にして、自然を支配した。そして、動物たちを有用なものか、そうでないものか、害をなすものか、価値があるものか、無益ないしは損害をもたらすものかと分類し、序列化し、支配し、管理した。容易に仲間を見捨てず、友愛に満ち、忍耐強い狼たちは、血に飢えて凶暴で残忍、家畜を襲い、遠吠えをし狂気に満ちたものと決めつけられ、必要以上に殺されて、場所によっては絶滅にまで追い込まれた。侮辱され、追いやられ、殺された獣たちの血が、満月の白い光に導かれて目覚め、ひとびとに復讐する。とはいえ、かれもまた、人間の手で拵えた銀の弾丸によって、あっさりと射殺されることになる。

たとえば、フランケンシュタイン博士の手になる人造人間。

近代科学技術は、ひ弱な身体に制限された人間の可能性を飛躍的に発展させた。肉体では到底行けるはずもない場所への移動が可能になり、人は遥か遠方の人やものとも一瞬で繋がることができ、空間概念は変容した。時間軸をこそ、自由に遡行し、時をかけることはいまだ出来ないが、空間概念の変容により、時間概念もまた大きく変わった。時空を制御しても、人間の欲望は果てなく、不老不死には到達しない。そしてついに、神のうちにあったはずの生命の領域まで征服しようと歩を進めている。生命を操作し、遺伝子情報を読み取り、デザインし、組み換える。生命を分類し、管理する。分別されたはずの境界は曖昧になり、生者ともつかない、死者ともつかない状態が生み出され、法が書き換えられる。身体の境域も曖昧になった。培養皮膚のように臓器そのもので自律することが可能となったし、臓器を交換することもできるようになった。自己とはどこまでか、自己とは誰か、不分明になる。フランケンシュタインの人造人間は、自分がなにゆえ生み出され、存在しているのか判らないまま、怖れられ、疎まれ、自身の力を知らないが故に制御できず、自滅に追い込まれた。

洋画創成期からの花形であったモンスターたち、吸血鬼、狼男、フランケンシュタインの怪物は、人間が征服し、領土化してきたものとの関係を象徴している、としよう。

病気、特に恐ろしい伝染病や災害などによる理不尽で手に負えない苦しみは、超自然的な存在、自然霊や魔物のせいにしてきた。近代理性は、合理主義のもとでそれらを暴き立てた。

人間中心主義からみた、収奪や管理の対象としての自然、動物。

科学技術が、切り裂いてきたもの。生命系。人間的なるもの。

そうすると、映画の花形モンスターたちは、人間と領土化してきたものとの境界に折り畳まれたところ、その狭間から、どちらにも属しきれないあわいから、滴り落ちてきたものだとわかる。

吸血鬼は、生ける亡霊であり、かつてそうであった人のさまをしているが魂は持たない。そして、人によってしか、存在することはできない。

人狼はもちろん、人と獣の双方の血を引く。

人造人間は、あちこちの死者から取り出した臓器の寄せ集めだ。

両義性を持ち、どこにも落ち着かず、曖昧であるからこそ、かれらは、気味悪く、恐怖を感じさせるのだ。

第一の仮説

フィルムのなかで、殺され滅ぼされては繰り返し、繰り返し舞い戻ってくるかれらを、フィルムのモンスターの三類型として仮に設定しよう。

さて、アニメーターであり、アニメーション監督の細田守。かれの作品群を、モンスターの系譜に置いてみる。

長編オリジナル作品の『サマーウォーズ』、『おおかみこどもの雨と雪』、『バケモノの子』は、一応原作を持つ『時をかける少女』等とは違って、いずれも、異界のものが直接登場して話が展開する。だとすれば、設定した三類型に、当てはめることができるだろうか。

『サマーウォーズ』は、さしずめ、フランケンシュタインの怪物というところかもしれない。OZと呼ばれるインターネット上にある仮想世界では、ゲームやショッピング、ビジネスから各種公的手続きまで、「現実世界」さながらほとんどのことが実体験できるようになっている――そうした、現在のわたしたちの現実世界とほぼ並行しているか、少し未来の世界が、フィルム内の〈現実世界〉である。個人的に生活の実体験が出来るだけではなく、あらゆる企業がOZに支店を持ち、世界情勢をも動かしている。仮想世界で生活しているのは、もちろんアバターであり、スクリーンのこちら側、わたしたちの現実世界同様、このアバターは肉体を持ったリアルな〈わたし〉とは無関係な容貌や能力を持った、二次元のキャラクターである。憧れの先輩夏希に偽装恋人になることを依頼された高校生の健二は、自分のアバターを謎の人工知能ラブマシーンに乗っ取られてしまう。ラブマシーンは、健二のアバターを通して、ＯＺを支配し、現実世界を大混乱に巻き込む。乗っ取られた健二のアバターは、他のアバターのアカウントを奪って次々と食い、巨大な怪物へと成長する。

ラブマシーンは、夏希の母方の一族陣内(じんのうち)家のひとりである陣内侘助(わびすけ)が開発したハッキングＡＩである。米軍がラブマシーンを実験したときに、暴走してしまったのだ。侘助が機械に与えたのはただひとつ、ものを知りたいという本能、知識欲だという。ラブマシーンには悪意はなく、ただひたすら知りたいという本能に突き動かされてアカウントを奪い続け、世界中の情報と権利を蓄え続けるのだ。

とすれば、ラブマシーンは、科学によって生み出され、創造者が意図しなかったものに変貌し、創造者が制御できなくなった怪物ということになる。自分がなにゆえ、存在するのか。知りたいという欲望だけで駆動する怪物。身体を持たず、したがって感覚器官がないから痛みも快楽も知覚することなく、他者のそれらを情報として蓄積するもの。

自分の出自が曖昧でアイデンティティが揺らいでいるように思えるのは、ラブマシーンの発明者侘助も同様だ。彼は、現在の陣内家の精神的な支柱である刀自陣内栄の入り婿（故人）の隠し子であり、幼少時に栄に引き取られた。一族の資産である山林を勝手に売却して持ち逃げし、米国に渡りそのまま一〇年間音信不通ののちに突然現れたため、一族からは白眼視されている。ラブマシーンと対決するのは、健二と戦国時代の武勲をいまだ誇る一族の男性陣。それを裏で締めるのが栄であり、花札を使っての最後の決戦に打って出るのはまさに吉祥天のような女神に変身していくアバターの夏希という女性。

とすると、近代科学の生み出した鬼子がアイデンティティを求めて世界に破壊をもたらそうとするが、前近代的な家族なる紐帯で結ばれたものたちが古典的な手業の勝負で立ち向かうという骨格になる。ラブマシーンがアカウント、すなわちアバターという仮想空間の人格の根拠を蒐集して身体がモンスター化していくことや、夏希のアバターが世界中の人々のアカウントを得て力を増していくこと、フィルム内の〈現実世界〉の住人である健二が最終的に夏希と結ばれるだろう（一族に加わるだろう）とほのめかされることは、現実世界に定置する引き綱となるのがストルゲーであることを示唆している。

野生／動物と社会／人間の対立を根底にもつのは、そのタイトルの通り『おおかみこどもの雨と雪』だとしよう。

「おおかみおとこ」はしかし、この作品の中では、凶暴な怪物でも何でもなく、彼と呼ばれる固有名を隠されたただの「おおかみおとこ」、絶滅したニホンオオカミの末裔である。なるほど、歴史的に牧畜を行なわなかった日本では、オオカミは家畜を襲う「害獣」というわけでもなかった。人畜を襲うこともあったろうが、むしろ、農作物に害をなす野生動物を食べる故に、大口真神（おおくちのまがみ）などとして崇められたりもしたのである。だからなのか彼は、獣らしく猛々しいどころか、孤独が染みついて不器用な優しさに醸されたようなもので、ただゴミとして遺骸が処理されたことはやはり人間ではないのだった。彼は、曖昧な境界上におり、大学ではもぐりの学生、おそらく非正規雇用、引っ越し専門の運送ドライバーとして家から家へとモノを移動させるがどこにも関わることなく、階段の踊り場、戸口という中途に立ち、死に場所は、居住区と居住区の間の裂け目のような澱んだ川の中。

こどもたちは、父の死を浸した水のイメージを纏いつつ、おおかみであり、こどもであり、則るべき母親の規範をもたないので手探りの花にとっては厄介な存在でもある。おおかみと人間の両方を同時に持ち合わせるこどもの育て方に途方に暮れるばかりではなく、花自身が父子家庭で育った上に高校生のときに父親をも亡くしているから、親としてのありようもその都度の対応と本による知識に頼る他ない。そもそも、小児科に行くべきか、獣医に行くべきかも、身体構造のことに加えて、獣人であることがばれてしまうことを怖れ、決断がつかない。東京にいると、児童相談所などでの行政管理をされてしまうし、経済的なことも考えて、彼女は、都市を逃れ人目のつかない田舎に移り、誰にも頼らず独学独立、半ば自給自足的な環境でこどもたちを育てていこうとする。

女の子の雪は、幼い頃は無邪気で活発、おおかみ丸出しだったのが、小学校に行き出すと、他の女の子たちとの接触により、自分の趣味趣向が女の子らしくないことを恥ずかしく思うようになり、人間の女の子の規範に沿ったアイデンティティを確立していこうとする。一方、ひ弱で臆病、泣き虫であった雨は、自らの出自に戸惑いながら自然の中を疾駆する経験によって解放の喜びを知るようになり、人間社会からは引きこもり、野生動物に自分の規範を求めて、おおかみの雄として家を出る。

こうしてみると、モンスターとしてのおおかみ人間は希薄で、むしろ映画は、シングルマザーである花が「泣かずに頑張る素晴らしい母」となっていくプロセスが中心に語られ、こどもたちはアイデンティティを確立していき、それらの過程を支えるのが、自然であり、自然を合理的に生産の場としていく農業を生業とする幾分ゲマインシャフト的なムラの監視と監護をうちにもつ共同体のように思える。

そして、『バケモノの子』。

両親の離婚で父と離れ、死別で母を失った蓮は、渋谷の異次元空間のようなバケモノの渋天街(じゅうてんがい)に迷い込み、成り行きから獣人の熊徹(くまてつ)の弟子になる。バケモノたちは、みなバケモノとして完結しており、というよりもむしろ外見を除けば、人間と変わらない。人間のような社会を築き、仕た熊徹によって九太（きゅうた）と名付けられた蓮は、最初は反発しながらも熊徹の仕草を徹底的に模倣することによって、武術の技を身につけていく。真似び、学びである。熊徹もまた、九太に教えるという作業を通して独学であった自分の技法を深めていき、師匠と弟子であると同時に、いつしか反発と敬意、否定と尊敬が綯い交ぜになり、喧嘩しつつも睦まじい父子のようになっていく。

バケモノの世界では、人間を住まわせるといずれ心に闇を宿して大事に至るということになっている。青年になった九太（＝蓮）もまた、人間の現実世界に触れ、実父との再会などの出来事から、自分の中に闇が生じているのに気がつく。師匠であり疑似父親である熊徹とバケモノの世界で生きるか（＝九太）、人間の制度的な教育を受け実父と暮らし人間の世界で生きるか（＝蓮）、に迷う。しかし、ここで闇を抱え込み、まさしく巨大な怪物となっていくのは、バケモノ界のもう一方の雄である猪王山（いおうぜん）の息子の一郎彦（いちろうひこ）である。人間であるのに猪王山に育てられた一郎彦は、猪王山を尊敬し規範として憧れている。父のようなバケモノになりたいのに身体がついていかない彼は、自らを隠蔽することで闇を生じさせる。そして、彼の軽蔑する熊徹によって父が倒された時、彼の闇は暴走し、鯨の影のような怪物となって人間界の渋谷を破壊していく。渋谷での蓮は『白鯨』を愛読しており、鯨は自己との闘いの象徴でもある。蓮（＝九太）の影のような一郎彦が、鯨になるのは示唆的である。

バケモノはバケモノで安定しており、闇は、バケモノ界では異物である人間の方だ。アイデンティティの揺らぎが、闇となっている。

……いや、ここまで書いて、映画のモンスターの三類型をあてはめるのは、失敗であることに気がつく。

そもそも、細田守のフィルムには、異界のものは出てきても〈モンスター〉とは言いがたい。すっきりとどこまでも澄み切った夏の青空を、まっすぐに切り裂く白い線はいつしか船となり、空は写し絵となって海と化していくのか（『ONE PIECE THE MOVIE　オマツリ男爵と秘密の島』）、それとも過去ではなく今度は未来への少女の跳躍が青空を開くのか（『時をかける少女』）、ともかく前二つの長編でみせた明るさは、たとえ夜や雨の場面ですらも細田の画面から離れることはなく、それは、生の絶対的な肯定として、モンスターが纏うべき影さえも消していくのだ。

映画のなかですら、怪物がおこした災厄の混乱に巻き込まれたものはいるが被害者としての死者はないことが言明される。『サマーウォーズ』でも、『バケモノの子』でも、映画の〈現実世界〉では災厄はなにか怪物が起こしたものではなく、原因不明の事故であったとマスコミ発表などでは片付けられている。

征服され領土化されたものたちと征服者のあわいから滲み出てきたものがモンスターだとすれ

ば、両義性を持ち、境界である稜線を危うく辿りながら生き続けるモンスターは、ここにはいない。

両義性を持たされてはいても、どちらかに定置しているか、定置するように成長していく物語であり、成長を手助けするものの役割、規範を巡る物語なのである。『おおかみこどもの雨と雪』は、さらに、両義性を持つこどもたちではなく、そのこどもたちを育てる「母」に成長していく花の物語が主軸である。

では、細田作品のなかのバケモノ、モンスターとは一体なんなのだろう。

第二の仮説

たとえば、だ。デヴィッド・リンチの『イレイザーヘッド』。奇怪な赤ん坊も、貧相でしょぼしょぼした妻も、鳥小屋のような家も、醜悪な親たちも、すべてこれは、主人公の目に映った現実の像だとしよう。つまり、シュールなのではなく、主人公にとってのリアルなのだ、と。

そうすれば、次のようにも読み替えられる。

寓話としての、成長の物語、あるいは家族について。

『おおかみこどもの雨と雪』。

名前を与えられていない彼、おおかみおとこは、そう、出入国管理及び難民認定法に照らし合わせての不法滞在者か、無国籍者だ。運転免許証を持っていることからすると少し無理はあるが、なんらかの手段で住民票を手に入れたのだろう。孤独で人を寄せつけない雰囲気を纏ってはいるが、魅力的で、やさしく、夫として父としての役割を果たそうとがむしゃらに働き、けなげで懸命である。とはいえ、どこかずれた人間だ。つわりに苦しむ花に対して、東京にいて野生のキジだかを獲ってくるのは、確かに花はとても喜んだし滋養にはなったろうが、何を考えているのか茫洋として、いささかとんちんかんでもある。それで命を落とすことになるのだから、なおさらだ。おそらく、いてもいなくても、父親としての情けなさ（実質上の父の希薄さ、もしくは不在）を見せるのかもしれない。シングルマザーの花は、行政に頼ることもできず、というより意識的に頼らず、たったひとり手探りで生きていくことになる。親にとって、多分こどもというのはなにをしでかすかわからないところがあり、いくら勉強しても本の通りになるわけでもないから手に負えず、ある意味怪物めいたところもあるのだろう。雪と雨の成長の過程は、よくあるパターンで、さらにジェンダー規範にも則っている。雪は、生来の奔放さ、奇矯さを抑え込み、社会の中で女の子として成長していく。弱々しく、手がかかり、母親にとってはいつまでも愛しい庇護の対象でマザコンにもなりかねなかった雨は、親には理解できないものにはまってそこで自分の規範を見いだし、いわゆる引きこもりになり、象徴的な母親殺しを行ない、その世界で生きていこうとする。母は、こどもたちを育て上げた満足感をもって残りの人生をひとりで生きていくのか、それとも、こどもたちがいつか帰ってくるのを待っているのか、それはわからない。おそらく、母の理解を超えたものにはまっていく男は、非力になった母が待ち続けているとしても、それを知りながら帰ってきはしない。

『バケモノの子』の渋天街は、蓮にとって自分を受け入れてくれる場所だ。熊徹は、放浪先かバイト先の頼るべき親父（まさに疑似父）になるか。鏡像関係にあるような一郎彦との対決は、一種の自分殺しでもある。最終的には、蓮は熊徹の姿を透かし見ながら、実父との関係を再構築していくようだ。

ヴァーチャル空間で果てしなく広がる疑似家族を担保に、自分の乗っ取られたアバターと戦っていく『サマーウォーズ』は、もはや説明がいらないだろう。

なにものかにアイデンティティを定置させるべく成長していく寓話。

ではあるのだが、こうして無理矢理図式化していくと、ジェンダー配置がこの社会の期待に応じるようになされているように思えてくる。

花は、泣かない。涙を見せる代わりに笑うようにという亡父の教えを忠実に守り、何にも頼らず孤軍奮闘で頑張る。そうした花だから、ムラの人たちは温かく見守り、助ける。家族をこのうえなく大切にし、それはときにはほとんど自己犠牲的にも映り、愛ゆえに相手を呑み込み支配するような、一方の母的なるものは持たず、こどもの独立離反を支え、受け入れる。

頑張り過ぎではないか。

社会の期待の眼差しに射すくめられて泣きわめくことも出来ない花こそが、もしかしたらモンスター的存在なのではないか。

同様に、雪も、夏希も、少女の聖性を纏わされ、支え導きの糸となる楓も、あるいは、陣内栄さえも……エトセトラ、エトセトラ。

!

そんなことはどうでもいいのだ、たぶん。

なにがモンスターであろうと、なかろうと。

草のそよぎに噎せ返るような夏の息づかいを感じ、真白い雪原の木立を巧みにすり抜けながら疾駆する、そのときばかりはなにものにもとらわれない自由、喧噪の夜の街、白々と辺りを真昼にするイルミネーションがとろりとして、角を曲がればいつのまにか煉瓦づくりの壁に囲まれ、気がつくと賑やかな祝祭的雰囲気に満ちた異界、現実の街に折り畳まれているのか、幻想が現実を包み込んでいるのか、どちらが現実なのか、どこまでも空は青く、未来のように開かれ、どこか懐かしく、微かに埃と石の匂いがする図書館……もし、そこに引き込まれたら、胸に開いた暗い穴に勇気の剣を呑んで、そのままそこで生きてしまいそうな、だがそれは、単なるアニメーションに過ぎない。リアルな、ということはリアル（現実）であるはずがない映像の世界。

偶然カメラに映り込み、映画内世界の規範をずらし、綻ばせていく危険を抱えた実写映画ではなく、アニメは、映るものすべてを制御し、統合するという、作家の権力に支えられている。だが、それは、描かれた存在のすべてを認めるということでもある。

細田守のアニメが、あまりにも美しくリアルな映像だとするならば、それはそういうこと、つまり、どう転んでも、そこに存在するという一点において、肯定する意志を持ち続けているからなのだ。

明るさは、ここにある。

前のめり、つんのめって……

今でこそピーター・ジャクソンといえば、世界展開した超大作『ロード・オブ・ザ・リング』シリーズを手がけた監督として一般には認識されているが、そのずっと前には、ギャグスプラッターの『バッド・テイスト』やマザコン（?）ゾンビ映画『ブレインデッド』、モキュメンタリー映画『光と闇の伝説　コリン・マッケンジー』など、おちゃらけたぶっ飛び映画を作っていた人であることは、当たり前だが知る人はよく知っている。

青シャツにGパン姿の誰が見てもただの田舎者が人食い宇宙人で、それを退治するために出かける宇宙捜査対策部隊はたった四人の頼りないおっさん。低予算のためピーター・ジャクソン自身が死闘を繰り広げる二人の男を演じており、頭蓋骨が割れてはみ出した脳みそを自分で押し込んでとりあえず帽子で押さえるのだけれども、帽子を流れ弾に飛ばされてしまい、飛び散った自分の脳みそを探していて、足の裏に嫌な感触を覚えて確かめると、それが目当てのものだったり。

こんなものを四年もかけて作った白黒低予算のデビュー作。

ゾンビになった母親たちを地下室に隠し精神安定剤入りのコーンフレークを与えて世話をしたり、神父がカンフーでゾンビをやっつけようとしたり、そのうち返り討ちにあったゾンビ神父とゾンビ看護師が閉じ込められた地下室でデキてしまってドロドロに腐っているのにゾンビ赤ちゃんを産んだり、最後は間違って動物用興奮剤を打たれたゾンビたちがぐっちゃぐっちゃの果てに『AKIRA』（大友克洋）の鉄雄のように巨大化したり。

このようなバカ映画を作っていたジャクソンが、近年『第9地区』のプロデュースに関わったというのはなんとなく嬉しかったがそれはさておき、彼の映画に初めて触れたのは、前世紀九〇年代末だったか、深夜にたまたまつけたテレビで放映されていた『ミート・ザ・フィーブル　怒りのヒポポタマス』である。ジム・ヘンソン風のマペットだけで作られたフィーブルスという動物一座の映画なのであるが、やはり二作目、エログロ汚物まみれのスプラッター、団長（セイウチ）はマフィアと麻薬取引、食べ過ぎでデブの看板女優（カバ）は団長にとって単なる銭稼ぎの道具で、団長は愛人（ネコ）とセックス三昧、元女房（ニワトリ）との間に生まれた子ども（上半身がゾウで、下半身がニワトリ）を自分の子ではないと認知を拒否する偏頭痛持ちの動物使い（ゾウ）、ベトナムでの過酷な体験を持つヤク中のナイフ投げ（カエル）……それらが、組んず解れつしっちゃかめっちゃかの挙句、団長に捨てられた看板女優が、一座に向けて機関銃をぶちかます、というもので、こんな代物、何を考えて、いや何も考えずに作ったのかしら、バカだと目が点になったものである。

デフォルメされ擬人化された動物たち、中でもしつこくカバ女優につきまとう嫌ったらしいパパラッチで潰されてトイレに流されてしまうハエだとか、エイズに侵されて崩れていくウサギとか、そういったものを見ながら、漠然とケムンパスやらべしやら赤塚不二夫に出てくるキャラみたい、なんてことをちょっとだけ思った。

ただ単に、けったいなキャラが、人間の肉っぽい嫌らしさそのものに暴れまわる、そのテイストだけのことである。

デカパンも、レレレのおじさんも、チビ太も、イヤミも、ダヨーンも、ココロのボスも、目ン玉つながりのおまわりさんも、ハタ坊も、ウナギイヌも、デコッ八も知っている。

そういえば、しかし、では赤塚マンガを読んでいたか、といえば、ほとんど記憶にないのだ。

小学校の三、四学年くらいまでは、積極的に少年マンガ雑誌を読むということはほとんどなく、散髪屋さんの待合に置いてあるものを読んだくらいである。美容院ではなく散髪屋に通ったのはいつくらいまでだったか、ともかく置いてあるマンガ雑誌目当てに髪の毛を切りに行ったようなもので、タイル張りの壁に陶器の丸い火鉢が据えられてあるような一角に座り、今でもその画像が鮮明に出てくるのは、楳図(うめず)かずお先生の『おろち』だ。あとはほとんど覚えていない。学校では、永井豪の『ハレンチ学園』やジョージ秋山『銭ゲバ』などが子どもたちのギャグというか、真似っこなどおふざけの中にあったように思う。

小学校高学年くらいから学校の帰りに、本屋で『週刊少年サンデー』『週刊少年マガジン』『週刊少年チャンピオン』を立ち読みするという悪い習慣ができて、『週刊少年ジャンプ』だけは大方の連載の絵柄が合わず読まなかったが、週刊少年誌を雑誌で読むのはせいぜいが二〇代前半まで、ギャグ系マンガで印象に残っているのは、『がきデカ』や『マカロニほうれん荘』、『まことちゃん』、『パタリロ!』（これは、『花とゆめ』掲載だが）などで、連載としては『天才バカボン』中・後期の頃で赤塚先生のマンガも確かに読んではいるのだが、ワクワクして待ちわびたことはなく、読み飛ばしたという感じである。

生まれた時からテレビに張り付いているような、まさに昭和の子であるからアニメなども相当見ているし、「西から昇ったおひさまが東へ沈む」という『天才バカボン』の主題歌もそらで歌えるのに、赤塚不二夫のアニメは、見ていない。

にもかかわらず、赤塚不二夫のマンガはよく知っているし、赤塚先生自身のことも知っている。赤塚不二夫マンガは、マンガというものの定位置を占めていただけではなく、赤塚不二夫というブランドが日常の一角を成していた、とさえ言えるかもしれない。

私の身の周りには、赤塚マンガが所与のものとしてあり、赤塚マンガのキャラはすでに存在しているかのように親しいものではあったが、では、私の周辺の少年少女たちが振り返って語られるように赤塚マンガに熱狂したかといえば、そういうわけではなかったように思う。

赤塚マンガは、概ねナンセンスのラディカルさ、ということで同時代的には支持されたし、バカバカしさの極みを突っ走っていくアナーキーさ、破壊的な面白さといったことが語られる。しかし、多分おそらく、それはある程度の大人の感覚であって、つまりナンセンスな赤塚マンガに、硬直した世界をぶち壊すような潜勢力を感じたいと欲するものが、正当に赤塚マンガを評価しなければならないと言語化したものだ。本来馬鹿笑いの中に消費し尽くせばいいものを、言語的に評価することによって正当化されるのは、評価されるものではなく評価するものである。そのことを知っているのは、赤塚マンガを読むことを評価の中に置かなくては気が済まないような居心地の悪さを感じている「大人」というわけである。

『天才バカボン』を読んでいた児童や生徒と呼ばれる年代のものは、むしろその中に、どこか古めかしいものや、仄暗さ、ある種の定型を嗅ぎ取っていたのではないか、とすら思える。少なくとも、私は、そうだ。

バカボンのパパがどれほどくだらないことをしようが、おまわりさんがピストルをぶっ放そうが、唐突に異形のものが出てこようが、バカボン一家は変わらず、今日も均衡が保たれている、これはホームドラマなのである。バカボンのパパと、バカボンの二人のバカを笑い、からかい、バカをさせるのはバカボン一家の外のものであり、笑われたバカボンとバカボンのパパはしょげかえっても、知的にも人格的にも優れたハジメちゃんという一家の「父」的存在が問題を解決してくれたり、ママも受け入れ守ってくれたりして、家族／家の絆は揺らぐことはない。

意外なまでに、赤塚マンガにおいては、家族／家というものがマンガ世界の枠組みをしっかりと形成しており、家族的調和が底板にはめられている。ドタバタやギャグの背後にあるのは、いわば、古き良き時代のという陳腐な形容詞がつけられるほどの人情物なのである。

あからさまな例を挙げると。

結婚した娘・鬼子を訪ねた父は、いつものごとく娘にけんもほろろに叩き出される。たった一人の愛娘だったはずなのに、「おかあさんといっしょに死ねばよかったのよ」とまで罵倒されてしょんぼりと帰る父はほぼアルコール依存症で、酒に酔っては誰かの姿に鬼子の面影を求めてしまう。町の人たちも、捨てられた父の寂しさを理解し、鬼子のふりをして適当に家族ごっこを付き合ってあげる。その一人バカボンのパパは、事情を聞いて「親をそまつにするオニはたいじするのだ!!」と桃太郎の扮装で鬼子一家に乗り込み、「親を大事にするか!!」と懲らしめる。パパは桃太郎の格好で「親は宝ものよりたいせつなのだ!!」と毎日パトロールに出かけ、「みなさんも両親をたいせつにしてくださいなのだ!!」と読者に呼びかける。これではまるで教育ギャグマンガなので、さすがに作者も気恥ずかしくなったのか、「こんどのわしはなかなかしっかりしてたのだ!!」というセリフが続いて添えられるのであるが。

これは『天才バカボン』連載の中頃くらいにある「鬼子とおじいさんなのだ」、ネタそのものも含めて、このベタさは吉本新喜劇さながらである。下ネタ満載のところや、決め台詞や決めの所作をその芸人のギャグとするようなところも、とりわけ初期のバカボンと吉本新喜劇は似ているといえば似ているかもしれない。ちなみに、このバカボンの頃、七〇年代の関西テレビ界は、週末のお昼には藤山寛美(かんび)率いる松竹新喜劇と吉本新喜劇がどの局でもと言っていいほど流れていて、どうでもいいことではあるが私は、吉本新喜劇は好みではなかった。花紀京(はなききょう)や白木みのる、財津一郎などが出ていた頃はまだしも。

または。

バカボンのパパの誕生話。バカボンのパパのパパの妻(バカボンのパパのママ)は子どもを産む前も産んでからもずっと入院中で姿を現さず、子どもの誕生を待ちわびるパパのパパは、馬の馬之助、豚のトン勝、猫のシャミ吉、鶏のダシ夫を、実の子として育て、彼らの行く末、将来を楽しみにしながら面白おかしく暮らしている。パパのパパの弟というのがまともで、馬之助たちを「やつらは、しょせんケダモノですよ」と忠告するバカボン一家のママかハジメちゃんの位置的役割。バカボンのパパのパパに、ようやく子ども、つまり現バカボンのパパが生まれた。赤ん坊のバカボンのパパは、ハジメちゃんのようにとてつもない天才で、パパのパパは大喜び、弟も

「にいさん、やっぱり人間の子どものほうが、いいでしょう?」と焚きつけ、早速お祝いのパーティをするとなると、次の場面は、馬之助もトン勝も、シャミ吉、ダシ夫みんな丸焼きにされて皿の上に載って食べられるばかり。この場面は、なんとも嫌な感じがする。

もちろん『サンデー』『マガジン』合わせて一一年ほどに及ぶ『天才バカボン』作品の中の一つにすぎないし、後期『天才バカボン』は、前期『天才バカボン』とは色調をかえ、吉本新喜劇調から、楽屋落ち、いきなり劇画調になったりするような表現の多様化、脈絡のなさ、といった、端的に言えば「大人受け」するようなものに、急かされるようにつんのめっていく。ともあれ、少なくともバカボンの前半期、あるいは同時期の『もーれつア太郎』も含めて、この頃までは役割を持った家族の輪郭が描かれている。

バカボンのパパは、無職であり、社会的な責務やポジションを持たず、しがらみから逃れ、ただやりたいことだけを思いつくまま野放図にやる、理屈などは考えはしない、またはからかう人間にからかわれたまま、バカなことをしてしょげる。

その様は、子どもそのものだろう。その遊びに、満州から命からがら引き揚げ、母方の親戚に身を寄せた大和郡山、続いて移った父方の新潟で過ごした赤塚の幼年期から少年期にかけての遊びを重ねてみるものも多い。赤塚自身、自叙伝をはじめ諸所で、自らの少年時代を語っている。満人に対して治安弾圧する官憲でありながら、厳格であるとともに満人に対しても分け隔てなく公正であったという父の影響。敗戦で、それまで周りを固めていると信じていた価値観や秩序がひっくり返り、人の心の頼りなさや凶暴さ、弱さを見せつけられ、窮乏や暴力を味わい、あっけなく殺されたり死んだりすることを身を以て知った二年に及ぶ引き揚げ帰国。「とにかく子どもがやりたいと思う限りの遊びも悪戯もずっこけも、まさに『おそ松くん』の世界そのものを生きた2年間だった」（『これでいいのだ』）と、大和郡山時代を振り返って赤塚は書いている。チビ太のモデルであるという三歳の馬車屋の子ども。年上の子たちに混ぜてもらいたくて、意地悪されたり、いいようにされながらも、めげない健気さ。「3歳の子が暗くなっても帰ってこないからといって、当時の母親は顔色を変えて捜したり、警察へ走るというようなことはしなかった。どこかで、またあの悪ガキたちが息子を小突いたり、からかったりしながら、しかし面倒は見てくれている…。母親がそう信じ切っている時代だった」（同前）。

「これでいいのだ」と許されること、いや、自分で許すこと。そして、そんなパパの子どもで良かったというバカボン。困ったような顔をして、さほど困ってもいないママ。一家をまともさの箍で締めるハジメちゃん。

バカボンのパパの無茶苦茶ぶりは、一旦底板を踏み抜いた果てのこのような許された世界に対する信頼に裏打ちされている——とでも、語ることができるかもしれない。

だが、そんな風に解釈したがるのは、そこに何らかの郷愁めいたものを探し求め、〈いま〉とは違う世界があったかもしれないこと、そこから逆照射して〈いま〉の何がしかを査定したい「大人」なのだろう。リアルタイムに『天才バカボン』を読んでいる子どもにとっては、そんなことはそれこそどうでもいいことで、そういう見方が潜んでいることを直感的に嗅ぎつけて、バカボンのパパの無茶振りというのも、それそのものは実は筋が通っているものであるから、そこはかとない胡散臭さをすら感じてしまう。

ところで、赤塚マンガのキャラとなっている者たちは、たいてい家族を持たない独身、どこに住んでいるとも何をしているともわからない漂流者だ。世界に定位置を持たない、所在ない者たちが、チビ太のようになんとかかまってほしくてバカなことをしでかす。しかし、バカボンのパパのように全てを許してくれる家族を持たないかれらは、日常に潜り込もうとしてもうまくいかず、バカなことをしてみせている者ではなく、バカであるバカとしてあり続けざるをえない。これでいいのだ、という言葉にすがりながら。

七〇年代に入り『レッツラ・ゴン』の時期から、『天才バカボン』も、ベタさは残したまま、ママやハジメちゃんは後景に退いていき、バカボンとパパは家族を離れて、脈絡のなさも加速していく。世相を題材にしたり、編集者なども含めての楽屋落ち、いわゆるエロ、グロ、ナンセンス、もはやドタバタ劇ですらなく、律儀で古風なコマ割りだけはそのままに、ペン先までもが混迷を深めていく。

そもそも、誰が喜んだか。

もとより、『天才バカボン』を読むこと、『天才バカボン』を面白いと表明したのは、大学生以上の大人だった。ギャグマンガが非教育的だとけなされればけなされるほど、体制を否定するナンセンスの力というものを、『天才バカボン』に見たがったのだ。それを読む大人である自分は、大人が作り上げた既成の世界に居はするけれども、その世界の欺瞞を知っているし、虚仮にしたい。バカボンのパパのバカバカしさで虚偽を吹き飛ばし、「これでいいのだ」という破壊の後の肯定の響きを聴き取ろうとする。

鬱屈した大人たちの期待の視線に射すくめられ、追い立てられて、赤塚マンガは、大人の欲望に照準を当てたものへと突っ走らなければならなかったのだろう。

この意味では、『ミート・ザ・フィーブル　怒りのヒポポタマス』に、赤塚マンガと共通する何かを感じたのは、間違っていないかもしれない。つまり、大人が、大人の欲望するものを、キャラを使って「やっちゃいました、ゴメン」というだけのことである。

ナンセンスの中に、ラディカルな体制否定を読み取ろうとすること自体、ナン／センスではない。にもかかわらず、もっとナンセンスをと、商業レベルで要求されれば、そしてその要求に答えようとすれば、行き着く先は見えている。時の話題を取り入れたり、エロにしろ、グロにしろ、大人に受けるものを描こうとすれば、センスから逃れることはできない。と同時に、『ミート・

ザ・フィーブル』に読み取ろうとすればできる、嘲笑的な批評性も、赤塚マンガにはない。時の話題は、ネタとして使っても、その瞬間に使い捨てなければギャグとして成立しない、というところまで追い詰められている。

郷愁めいたものを抱えながら、追い立てられ、急かされ、前のめり、つんのめって……。そんなことをしなくても、よかったのだ。多分。

うっすらと漂う怯えは、子どもには隠せはしない。子どもは、大人以上に大人だからだ。いや、それもしかし、赤塚先生は「これでいいのだ」と笑うのだろう。「それ」ではなく、「これ」でいいのだ、と。他者から評価されるのではなく、自らの生を引き受け、消費したからこそ、「これでいいのだ」と笑っているのかもしれない。

Too Late To Die!

立川談志が死んだ。

だんしがしんだ、わか（っ）てた――思わず呟いてしまい、くすりと笑う。

もしかしたら、談志師匠は、そんな光景を秘かに思い浮かべて楽しみにしていたのかもしれない。

だから、お約束の回文を掲げよう。

おそらく数多くの人が操られるように、そういうふうなことをあちこちで書くのだろうし、それはあまりにもベタすぎる気もして癪なような感じがしないでもないが、やはりそうなるのが定まっているかと思わせるくらい、実際の〈そのとき〉と報道されたときとでは、間がありすぎたのだった。

間があるというのは、間が抜けているよりかずっといい。いいというより、相応しい。

どのみち、「上から読んでも下から読んでも、談志が死んだ！」と書くように、本人は前もって報道関係などに要望していたらしい。それにひとひねりが加わっただけだ。

いつのことだったろう、癌の手術後に神社だったか、どこだったかに出かけている談志師匠をマスコミのレポーターたちが取り囲み、コメントを求めているところがテレビで放送されていた。その時談志師匠は、「どうせ、お前たち。俺が死ぬのを待ってるんだろ。談志が死んだ、っての、ちゃんともう用意してるんだろ」と、ちょっと斜めにかしげた顔を上目遣いにして、そんなふうなことを吐き捨てるように話していたと思う。記憶が曖昧で、もしかしたら、違ったかもしれない。が、自分の記憶の捏造としても、そういうことを言いそうな人のように想像する。

どうせ、お前たち、俺が死ぬのを待ってるんだろ。用意してるんだろ。

それは、芸能レポーターに限らず、新聞やテレビで用意されている有名人訃報の予定稿に対する皮肉でもあり、重大な病気を負ってしまったものをいずれ死にゆくものとみなすような眼差しに対する拗ねを潜ませながらの反発でもある。

お前たちは、俺を片足突っ込んじゃったと思ってるだろ？　自分たちはあっち側の人間で、こっちとは無縁だって思っているだろ？　親切ごかしに高みの見物してるんだろ？

こういう言葉を投げつけられるものは、自分の無神経さを暴き立てられたようでたじろぐかもしれない。

だから、曖昧に笑う。

けれども、そんなことはわざわざ暴き立てなくても当たり前のこと、わかっていることで、まともにとりあっているのは野暮というものなのだろう。むしろ、談志師匠は、毒のある人物を演じることで、集まったレポーターやその背後にいるはずの無数のひとびとの期待に応えようとしていたようにも思う。灰汁どころか、なにをするかわからん毒気だらけの人間だとどこかで作り上げられたまま、それに自分を沿わせることは、苦痛なことなのだろうか。

たぶん、そういうものでもあるまい。

目の前にいる観客だけではなく、テレビカメラというものを通してその向こう側の茶の間にいる、未知の、大勢のひとびとをも、つまり世間をも相手にする、そうしたことに早くから巧みであったのだし、なによりも彼は根っからの演者、芸人だったのだから。

そして、愛嬌のあるくりくりした目で面白そうに見る。毒は毒として、嫌悪されるのではなく、どこまでやってくれるのか、ひとはそれを期待している。わくわくしながら。

かれは、そののち、十数年を生きることになる。

立川談志の一文字を変えてアナグラムにすると。

「わてかて、死んだ」。

そうだ、いつかは知らないにしろ、だれだって、いずれ死ぬ。

わてかて（私だって）、死んだ。何日か、何年か、いつか来る、未だ来ぬその日に。だったら、死の不条理さやわからなさを吹き飛ばすくらい、笑ってやる方がましかもしれない。友人が、夢を見た。こんな夢だそうだ。

死んだ人間が、死んだことに気づかずに訪ねてくるので、そのことを気づかせなければならなくていろいろと苦労する、というものらしい。ああ、それ、不思議でもなんでもないよ。死者は、生者の振りをして、その辺をうろうろしているんだ。そういう小説や漫画や、映画はたくさんあるでしょ。でも、そんなことじゃない。実際に、そうなんだよ。映画の中で、テレビの中で、フィルムやビデオの中で、死者たちは、生者となって生きてるじゃないか。古い映画は、死者たちばかりじゃないか。そこに映っているものは、すでに消失してしまった建物や、通りや、犬や猫や、街並や、木々や、鳥や、砂浜や、森や、動物や、そんなものばかりじゃないか。亡霊に取り囲まれてるってわけさ。

そうだオレは　ブリキのコインだ
レートのない　ブリキのコインだ

イリュージョンだ。

「風呂敷」。

悋気の度が過ぎて、女房が男とちょっとした立ち話をするのにさえ血相を変えるほどの亭主がいる。その亭主の留守中に、弟分である若い衆がやってきた。成り行き上家にあげてお茶飲み話をしているうちに大雨が降ってくるものだから吹き込まないように戸を締めて二人部屋に居るところ、遅く帰ってくるはずの亭主が酔っぱらって帰ってくる。さあ、困った。汚穢屋(おわいや)と話しているだけで、出刃包丁を持って飛び出してくるくらいだから、閉め切った家の中で女房と男がいるなんて場面を見られたら、とんだ誤解をしてどうなることかわからない。それで、若い衆を咄嗟に押し入れに入れて、酔っぱらい亭主をさっさと寝かしつけ、その間に若い衆を逃がそうという心づもり。ところが、亭主、いっこうに寝ようとしはしない。気が気でないと、女房、酒を買いに行く振りをして、よそに相談に行く。相談された方は、それじゃあというので風呂敷を持って、長屋へ出向き、酔っぱらっている亭主相手に、ヨソの話として、女房が若い男と二人でいるところへ嫉妬(やきもち)焼きの亭主が帰ってきた、さあ大変と押し入れに男を押し込め、亭主を酔っぱらわせて寝かしつけ、その間に男を逃がす算段がなかなか亭主が眠らない、それで困ったというので相談を受けて、いま始末して収めてきたところだと話す。一体、どうやって収めたのだと訊ねる亭主に、これこれ、こういう具合と話しながら、女房と押し入れの男に指図し、亭主の頭に風呂敷を巻き付けて、押し入れの男を逃がす、という話だ。

下げは、いろいろあるようだ。若い男を無事逃がし終わり、亭主の頭の風呂敷を取ったところで、亭主が、なるほど、これはいい工夫だと言ったり、なるほど上手く逃がしやがったが、その野郎は間抜けな野郎だ、俺は相手の顔が見たい、と言ったり。

それを談志は、風呂敷に穴が開いていたことにして、でも、でもな、この話は、向こうの家の話は理解(わか)ったなと聞くに、「理解ったとも。お前の話が上手いから目の前に見えたい」と下げる。

「風呂敷」は談志に言わせると、イリュージョン落語の部類にはいる、という。

この、イリュージョン落語、というのはなんなのか、というと、ちょっと難しい。なにが難しいかというと、わたしには、よくわからないからである。なぜ、わたしにはよくわからないかというと、頭が弱いからである。悪いとまでは認めたくないが。いや、それもある。が、そもそも、談志に限らず落語をきっちりと系統的に聞いている訳ではないから、ブンセキ的に考えることもしがたい、というか、能力・力量がない。というわけで、語る資格がない。刺客(しかく)がなければ安泰だ。鹿食うものがなければ、馬食うものは買いばっかり、馬と鹿とで馬鹿者だから、まあいいでしょう。

「落語は、人間の業の肯定である」というのはなんとなくわかる。

落語に出てくる人物は、人物というようなご大層なものではなくて連中といったほうが相応しいかもしれないが、愛すべき庶民なんて気色の悪い代物ではなく、知ったかぶりや、欲の皮の突っ張ったのや、吝ん坊やら、臆病者、小狡く目端の利くものに威張りん坊、飲み助に寝坊助、実の母親に三行半をつきつけるもの、死人を踊らす奴に、頭に水たまりを作って釣りをする者、そういうとんでもない輩で、つまりは、なんのことはない、その辺に転がっているわれらの片割れだ。

そういうのが、頓狂なことをやったり、間抜けなことをしたりしながら、人情噺で、親孝行だの、真面目に働くことだのの濡れ手拭で、生活の底を絞られる。けれども、それは、世間というものを世間たらしめる建前というもので、それがなければ噺は進まないにしろ、通念やら常識やらなんていうのは所詮はお約束事の共同幻想、通念に従う者が報われるなんて嘘っぱちだってことは、連中こそが骨身に沁みてよく知っている。だから、落語の世界で、かれらの滅茶苦茶を笑いながら、滅茶が吹き飛ばしているのは通念や常識であることをうらやみ、あるいは、あれは落語だと安心しているのだ。いや、談志は、それほど、ベタではないだろう。枕にするネタではしっちゃかめっちゃか社会をこき下ろし、それは世間というよりも社会というほうがなんとなく馴染む感じなのだがともかく、社会の方が滅茶苦茶にたがが外れているのだから、いじましく通念や常識に従うのもまた、笑いの対象になる。つまりは、いわゆる人情というものをどこかでいとおしみながら、人情噺で仕切ることはない。すべての在るもの、在りかたを、出鱈目で理不尽なまま、さらけ出す。羅列だ。善だとか悪だとか、いいとか悪いとか、そういうしかめ面の評定とは無縁に、バカだね、おまえさんは、というのが、絶対肯定か。なんて解説は、それこそバカだね、というものかもしれない。

降りるはずの　駅はうしろ
泊まるべき　港をはなれてく

談志の枕の、いきなり客をいじったり、演題の〈伝統〉にはいる前に〈現代〉をつくろったり、別の噺を枕にしてしまったり、認めない人間はもとより談志のシンパというか、後援のような人間までこきおろしたり、自分の身辺雑記のような解説からニュートンの重力発見秘話に飛んだり、〈現代〉のつくろいから社会や政治をひねこびて弄び、自分の落語の語りをいきなり解説したり、嘆いたり、悩みをぽろりとこぼす振りをしたり、まあ、なんだな、おもいやりというのは日本人とアフリカのドジンしか持ってないやい、とどきっとさせて一瞬の隙のうちに爆笑を誘ったり、あれやこれや、あちこちうろうろして、跳んだり、はねたり、そうこうするうちに、いつのまにか噺にはいっており、誰が誰やらはっきりしないこともあって、噺の中の語り手によって話されているはずの人物が、話している語り手をのっとってしまい、ひたすらあらぬ方向にものすごいスピードで走っていく、そんな、話しが噺を追い越していく、という談志の速度は、定型をきっちりと知り尽くしているからこそのものだろう。

言うまでもなく、言うまでもないことだったら言わない方が恥をかかなくてすむというものだろうが、一応書く。因みに、一応、というのは使い勝手がいい言い訳のことばだ、ということにいま気がついた。談志は、自分の落語をやりながら、先達の名人たちのさわりをそっくり真似ることもあったし、それができるのだから、なろうと思えば伝統的な名人になれる人だったというのは定評だろう。また、それでなくても「黄金餅」やら「源平盛衰記」のように、立て板に水のひとくだりをすらりとやってのける技巧も、疲労の色みじんもなく披露してくれる。

そうしたうえでの、速度が自分自身をも置き去りにするような話しが噺を創っていくところまで、談志は、飛びつづけたのだろう。

留まるためには、走り続けなければいけない。

そういう、あれ、である。

それが、イリュージョンなのか。

いや、そんなことじゃない。

人間の業の肯定、ということを突き詰め、掘り下げていった挙げ句に、出てきたものがイリュージョンであるはずで、そうでないと、たとえば「風呂敷」がイリュージョン落語の部類だと談志が言うことがわからない。

「風呂敷」の噺の筋立てが、重要なのではない。むしろ、ストーリーはとにかくあればいいのであって、それもたいしたストーリーでないほど、イリュージョンの出し方がたやすいと、談志は言う。

業を肯定し、業を徹底的に噺の中でさらけだしながら、いつのまにやら、その話しが話されているものを引きはがし、話しが話しているものをおっ放り出して、ひたら話しだけが話される、その話しが過ぎ去ったあとの空気がかたちづくる気配。

気配は、くっきりとした輪郭を持たない。

不定形であり、不完全であり、流動する。

人間は、不完全だ。

海岸まで
難破船を
さがしに

そうしてようやく、松岡克由（かつよし）は立川談志に追いついた。

＊　タイトルとゴチックは、ザ・ハイロウズ「Too Late To Die」より。

不格好で弱くあるきみは……

あれは、脳髄まで麻痺させるような暑い夏の日のことだった。

皮膚がねっとりとした獣脂で覆われたようで、体内に熱が籠り、だるく流れる時間に倦む。頭痛が酷く、そのせいで、なにもかもうまくいかない自分の人生にいっそけりをつけたい気分さえ萎えそうだった。なにをするにも面倒で、無駄なように感じる。とはいえ、見捨てられた気分と耳鳴りから逃れたくて、クーラーのない部屋から近所のスーパーマーケットにふらふらと出かけたのだった。

日用品は買い置きがあるし、食品の他はさして買うものもなく、ただ涼むためだけにぼんやりと歩き回っていて、売り場のある一角では繰り返し繰り返しえんえんと同じ歌がＢＧＭとして流れており、いつのまにか自分でもそれを口ずさんでいた。

わたしは――そこに立ち尽くし……。

そうだ　うれしいんだ
生きる　よろこび
たとえ　胸の傷がいたんでも

涙を流しているのに、気がついたのだった。

それが「アンパンマンのマーチ」だということは知らなかったが、歌詞に出てくるアンパンマンはさすがによく知っていた。といっても、『おじゃる丸』や『忍たま乱太郎』は観てもアンパンマンの絵本はもとより、テレビアニメの方も観たことはなかった。そういえば、こどものいる友人の話では、幼児の頃は夢中になるのだけれども幼稚園を終わるくらいになるとだんだん興味が他のものに移っていった、大体みんなそうみたいよということで、もちろんみんなというのが一般論なのかどうかは別として、身近にこどものいない独身者のわたしがアンパンマンを観たことがなくてもそんなものだろう、たぶん。

それにしても、スーパーマーケットでぼんやりと立ってぶつぶつ歌いながら泣いている大人の女性というのは我ながら些か気味が悪く、他人から見たらどのように映っていたものか、ともう一〇年以上も前のことを思い出し、いまさらながら恥ずかしくもあるが、こうしたことはままあることで仕方がない。

たとえば。

生後二ヶ月から三ヶ月ほどの仔猫。なににでも興味を示して、おもちゃにし、全速力で走り、転げ回り、ジャンプをし、自分がどのような能力を持っているのか、自分の身体にどんな力が秘められているかを試すかのように、見守っているこちらの息が止まりそうなほど危ないこともやってのける。あそこまで飛び移ることができるか、あの細く頼りなげなものは通路として信頼できるか。首を傾げ少し考え、観察して、それから平気な風にやってみせる。得意気にヒゲをぴんぴんにして、わたしに認めてもらおうとでもするのか、こちらを見つめ大きな声で鳴いて注意を引く。失敗を怖れず、試みては学習していく。できなかったことは別の方向からできるように工夫をし、怖れはしないが怖がらなくてはいけないものを覚え、よく食べて、安心しきって眠る。陽光を充分に吸った体毛はつやつやし、無駄な肉の一切ない筋肉は張りつめて、内側から力が漲り、はち切れそうだ。ただ一心に生きることに突き動かされ、今という時間に浸りきっている仔猫。

生の躍動。

根源的な歓び、というものを全身で表現しているような生きもの。

ようやく歯がはえ揃ったか揃わないかくらいのときに捨てられ、やせ細って不安げに震えていたときから何日かは全く表情もなかったとしても、かれは今、ただ今だけにはりついて生きている。その一点にすべてが凝集されて、かれは、意味や理由から解き放たれた、生の歓びそのものとなる。

そうだ、うれしいんだ――というフレーズの、「そうだ」は、振り返ってみての気づきであり、得心なのだろうか。それとも、問いかけに対する肯定なのだろうか。

いずれにせよ、猫なら、いやそれが不適切とすればことばを持つものとして幼児なら、「うれしいんだ」はあっても、「そうだ」はおそらくないだろう。

というのも、流れゆく時間のなかで過ぎ去ったものたち、起こってしまいそして過ぎ去った出来事、二度とふたたび還って来ないもの、そうしたものたちや情景との対比において、というよりもそうしたものたちと交換／交感し、他者から与えられた贈り物を受け取り、他者へ贈り物を差し出し、擦れ合ってできた傷を肉体に刻み込み、柔らかな甘さだけではなく、苦いものも飲み干し、充分に味わった上で、なおかつこの今を肯定する、それが「そうだ」という振り切りようにあると思われるからだ。

猫も、幼児も、純粋な楽しさに浸るだろう。

その一瞬、その時にはりついた純粋な楽しさ。

「うれしい」というのは、楽しいというのとは異なったものだ。楽しさがあるときはうれしいだろうが、必ずしも、楽しさと同時にあるわけではない。踊るような楽しさがなくても、こびりついた苦い泥が体を重くしているとしても、生きていることを歓びとし、うれしい、と感じることができる。差し出されたものをありがたいと受け止めること、そうしたうれしさもある。

なにかとの対比において、もしくはなにかの捉え直しとして「うれしい」と感じること、それは、大人のもののようにも思える。

「アンパンマンのマーチ」は、誰しもがおそらく感じるように、幼児が歌うものとしてはおそろしく哲学的な内容を持っている。「なんのために生まれて／なにをして生きるのか」、「なにが君のしあわせ／なにをしてよろこぶ」という問いかけを、一体誰が幼児にするだろうか。「時ははやくすぎる／光る星は消える」と無常を響かせて、楽しそうに遊んでいる幼児にいつかパパもママも消えてしまう、そしてお前も老いて死んでしまうのだ、なにがしあわせかわからないまま死ぬのは嫌だろう?と語りかけるだろうか。実際の幼児にそういうことを訊ねるとするならば、それはしたりげというものであり、ある意味脅迫というものだろう。

にもかかわらず、だ。幼稚園のこどもは平気で歌っているという。

これは、やなせたかし自身が書いていることで、ある哲学者から手紙をもらった。それによると、四歳の孫と一緒に新幹線に乗ったとき、退屈した孫が歌い始めたのが「なんのために生まれて／なにをして生きるのか」というもので、哲学者であるおじいちゃんは「何なんだ、これは！」と驚いた、四歳のこどもがこんなことを歌っているのは、いったいどういうことだとうちに帰って調べてみたらテレビ番組『それいけ！アンパンマン』のテーマソングだったとわかりびっくりした、とのことだ。

おじいちゃんはびっくりしたんだけど、子どもはなんの苦もなくうたっているんですねえ、永遠の命題を。

「なんのために生まれてきたか」って、わからないまま人生を終えるのは残念ですね。この歌を子どもの頃からずっと歌っていると、考えることが自然と身に付くような気がするんだ。もっとも僕にそれがわかったのは、六十歳を過ぎてからのことで、ずいぶん遅いんですがね。

（やなせたかし『何のためにうまれてきたの？――希望のありか』ＰＨＰ研究所、二〇一三年）

やなせたかし自身は、自覚的に啓蒙するようなものをつくったわけではなく、むしろ幼児向けの作品の依頼を受けても幼児用にグレードを落とし文章も短くするといった要求を拒否している。「僕は物語をつくる時も、歌をつくる時も、子ども向け、大人向けとかを区別したことはなくて。子どもも大人も、一緒に感動しなくちゃいけないと思っているから。だから歌詞が子ども向けにしては難しいと指摘されるのかもしれません」(同前)。

もっとも、テレビアニメ草創期からこども向けとはいえ、アニメソングは「夢」や「勇気」、少年ヒーローや戦隊ものなどではとくに「平和を守る」「正義」といった言葉が多用され、音楽性の高い楽曲に載せられていたものが多いことはいまさら言うまでもないだろう。悲しいことがあっても、辛いことがあっても、たぶん嵐はまたくるだろうけれどもくじけないことや、希望をうたうものもたくさんあり、それらは、体に染みつくように歌うこどもたちへの励ましとなるようなものだった。因みに、さまざまな仕事を引き受けていたやなせたかしは、竜の子プロダクションのテレビアニメ第一作『宇宙エース』(一九六五―六六年放送)の主題歌「星の炎に」の作詞もしている。

また、アニメに限らずこども向けの番組で扱われるものでも、シリーズの中には時代的な問題を反映させたり、深い問いかけを持ったりするものもたくさんあったことは、これまた周知のことである。

たとえば、なにをあげてもいいのであるが、人間のために闘いながらも異形のものとしてその人間社会からは弾き飛ばされてしまっている哀しみと孤独を抱え持つエイトマン、仮面ライダー、国家のエゴや正義の相対性を問いかける宇宙怪獣ジャミラ(『ウルトラマン』)、自分のアイデンティティに悩む鉄腕アトムを始めとする多くのヒューマノイドロボットや異星人ヒーローたちなど、（原作）漫画ではなくよりきつい商業的な制約があると思われるようなこども向けテレビ番組でも枚挙にいとまがない。無論これらはとくにＳＦではお馴染みのテーマであり、後年作家になっていくような才能あふれる若い人たちが制作に携わっていたことも大きく影響しているだろうし、そのあたりの背景やら分析やらもすでに数多く出ているところだ。

これらはしかしおそらく小学生以上のこどもが視聴者の中心であり、「アンパンマンのマーチ」が特異だとすれば、まったくの幼児が受け取り手の中心であるところだろうか。

やなせたかしは、自身の言のとおり、確かにこども向けや大人向けといった使い分けをしていなかった。手がけていた作詞やラジオドラマに入れていた歌詞などを集めて詩集『愛する歌』をつくり、山梨シルクセンター（のちのサンリオ）から出版した。平易で日常的な言葉遣いやスタイルは、従来の詩の一般的なイメージを変え、読み手が（ふつうの人間である）自分でも書けそうな詩だと思ってしまうような身近なものとした。それにより、多くのファンを得ることになる。詩集や絵本の出版は企画や編集、記事からなにから全くの一人で手がけた雑誌『詩とメルヘン』に繋がっていき、独特の絵と詩風からなる〈やなせたかし的なもの〉のイメージを創り上げ定着させていった。

やなせの書／描く童話も同じく、ぶれることのない〈やなせたかし的なもの〉である。大人の雑誌である『ＰＨＰ』に連載したものを集めた『十二の真珠』は、「ふしぎな絵本」とあるように、童話とか漫画とか詩とかに分類されるのをなによりも本人が嫌うようなもので、なにかまったくべつのもの、「ぼくの作品は、絵と文章の中間にあるので、つまり、カツ・サンドは、カツとパンをバラバラにたべると、まったくダメなので、カツとパンとのまじりあったところにおいしさがある、そういうもの」（『十二の真珠』まえがき）である。

〈やなせたかし的なもの〉とはなにか。

やなせたかし本人は過剰なまでにサービス精神溢れるものであり、また、マンガ家であることを目指しながら実際に手がけてきた仕事は多彩／多才なものであるのだが、表現はジャンルに分類されるのを拒否し、本拠地を持たず、極めてシンプルだ。そうしてみれば、やなせの生い立ち――長男として生まれながら五歳のときに父を亡くし、しばらくは母と祖母と暮らすが、母の再婚のために父方の叔父に引き取られ、二歳年下の実弟がそれよりずっと以前に叔父夫婦と養子縁組していたために真綿でくるまれるように育てられていたのに対し、後から来た兄のやなせは粗末な書生部屋で過ごさざるをえず、叔父夫婦はとてもよい人たちであったにもかかわらず、少年期は理由もわからず年がら年中泣いてばかりいた――というのも、本拠地を持たない所在なさに思えてくる。

所在なさは、少年時や軍隊、戦後の混乱期の空腹のひりつきにつかみとられ、空腹は大義名分的な正義に対する不信、絶対的なるものに根ざすことを妄想するものへの忌避、いかなるものであれ戦争に反対するつよさを生み出していく。

所在なさを抱え、やるせなく、ようやく確保したものからはぐれ、すべりおち、時には敗北感に打ちのめされ、けれども定まった場所に納まりきれない力に動かされて、ただ今を生きること。


とにかくぼくは、飢えることが一番つらい。正義は常に逆転する。もし本当に正義を行なおうとすれば、傷つくことも覚悟しなければならないと痛感するようになりました。

（やなせたかし『人生なんて夢だけど』フレーベル館、二〇〇五年）


『ＰＨＰ』で大人に向けて書かれたものとして最初に登場したアンパンマン（『十二の真珠』所収）は、全身こげ茶色のひどく太った男で、こどもにまで「カッコワリイ！　あんなのダメだなあ」と言われる始末の不格好さだが、戦争で荒れ果てた国の飢えたこどもたちのいるところ、お腹のすいたこどもたちのいるところにはよたよたとしながらどこでも飛んでいき、高射砲で撃たれるというものだった。

これが幼児向け絵本で「あんぱんまん」として登場した時は人間ではなく現在のアンパンでできた顔を持つアンパンマンとなっているが、主題はぶれておらず、キンダーおはなしえほん傑作選『あんぱんまん』（一九七六年）の最後のページには、やなせ・たかしが解説風に「（…）ほんとうの正義というものは、けっしてかっこうのいいものではないし、そして、そのためにかならず自分も深く傷つくものです。そしてそういう捨身、献身の心なくしては正義は行なえませんし、また、私たちが現在、ほんとうに困っていることといえば物価高や公害、飢えということで、正義の超人はそのためにこそ、たたかわねばならないのです」と書いている。

弱いものが弱さを誇りとし、弱さのまま、もっとも小さきものに、みずからの持てるものを分かち与える、これがやなせのいう「ほんとうの正義」なのだろう。

ここでいう正義とはむろん、「敵」や「絶対悪」を想定して戦うことでない。絶対悪や絶対正義であれば、相反するふたつが共存することは不可能であって、互いに否定し合うことになる。そしてまた、この絶対性とはポジショナリズムの問題であって、状況が変化すれば、あるいは視点をどこに置くかによって正義と悪が反転するものであるから、絶対普遍というのが設定された境界内でのみ機能しているわけで、絶対でも普遍でもなんでもない。言語があって初めて浮上するものにすぎない。

しかし、現実は――食い合いの連関性の中で生きている生身のもので成り立っている世界においては、多様な存在そのものが関わりあい、均衡をとりあっているのであって、ばいきんまんもバランスの一角を占めており、必要なものなのである。価値の序列化された階梯に位置しているのではなく、釣り合いの中にある。

たたかいの相手というのは、だから、生きているものの生を脅かし、貧しいものにしている現象であり、構造であることになる。

一方でまた、食い合いの根源的な哀しさ、正義の相対性については、別の見方も提出されていて、初代アンパンマン登場の『十二の真珠』に所収されている「チリンの鈴」は、マカロニウエスタン調の復讐劇となっている。獰猛な狼ウォーに両親を食い殺された子羊チリンは、仇である狼に自分も強くなりたいと弟子入りする。孤独な狼にとって、チリンは傷だらけの心を癒し、あたたかくさせる存在となる。鍛錬の末に凶暴さを身につけ、もはや羊ではなく猛々しい殺し屋の姿に変貌したチリンは、狼ウォーとともに自分より大きな動物か、野生のオオカミ、コヨーテの集団を襲撃し、荒しまわる。殺し屋として充分に力をつけたときに、奸計を用いてウォーを殺し復讐を遂げる。ウォーもまたチリンに殺されることを受け入れる。しかし報復が成就したときにあじわったものは勝利の美酒などではなく、自分とともに生きてきた存在、いまでは生き方もひとりぼっちの心も好きになっていたウォーを喪失した哀しみであり、出自の仲間からはただ怖れられる怪物となった自分であり、狼でも羊でもない得体の知れないぞっとするような生きものとしての己であり、もはやどこにも帰還する場所を持たなくなってしまった孤独だけだった、という話である。狼ウォーにとっては、食事をするたびに生命を賭けなければならないことは辛いことで、たまにしか満腹しなかった。殺すものは、生きるために殺さざるを得ず、殺されるものと殺すものは、どちらかの側に成りかわらないと共に生きていくことはできない。どちらかの側に成りかわるということは、もとの出自のものを裏切り敵対することになる。どちらがどちらに変わっても、この構造からは逃れられない。

アンパンマンは、誰かを助けるために食われる側に回るのでもなければ、犠牲的行為が正義だともいわないし、他の誰にもそれを行なうことを強いることはけっしてない。アンパンマンは、自らは食うことなく、ただアンパンとして在るものだから食われるのであって、そしてジャムおじさんによって、食われても作り続けられるのだ。つまり、外側にいる。

アンパンマンがときとして無力で惨めな存在でありながら、ヒーローたりえるのは、食い合いの関係から超越し、弱さのまま自己を差し出して他者の空腹を救い、死を乗り越えて再生するからだろう。

ああ、だとすれば、この仕掛けは、イザヤ書五三章に預言されている救世主になんと似ていることか。

だとすれば、だ。

生の苦しみや哀しさを未だ知らない幼児が直感的にアンパンマンを支持するのは、無垢であるが故に、すなわち値踏みや解釈することなしに、アンパンマンの聖性を知り、救いに歓ぶからだろうか。

だとすれば……。だとすれば……。

いや、これこそがつまらない解釈というものだろう。

やなせが苦しんだ空腹の痛み、それはもはや遠いところのものなのだろうか。

世界のどこかのこどもたち。

遠い昔のこどもたち。

いや、そうではない。

まったく、そうではないのだ。

二〇一三年五月二七日朝日新聞夕刊。次のような内容の記事が掲載されていた。

大阪のマンションの一室で二四日、この部屋に住む母子の遺体が見つかった。親子は二八歳の女性と三歳の男児。ガス料金の請求書の封筒に、「最後におなかいっぱい食べさせられなくて、ごめんね」という内容のメモが手書きで残されているのが見つかった。二人は昨年一〇月頃、知人の紹介でマンションに入居。冷蔵庫はなかった。食べ物もなく、食塩があっただけだった。電気とガスは止められていた。二人は二月頃死亡したとみられ、警察は男児が先に亡くなった後、母である女性も間もなく死亡したとみている。

……この女性にどのような事情があり、どのようないきさつで、こどもが餓死に至ったのかはわからない。だが、「ごめんね」というのは、こどもを食べさせて守るということができなかった母親がこどもに謝るものだとしても、死んでいく母親と死んだこどものあいだだけで交わされなければならないことばなのだろうか。

嚙み締められた唇から微かに漏れる「助けて」のつぶやき。

このようなつぶやきは、しかし、耳を澄ませばいたるところでひそやかに吐き出されている。そしていかなるものであれ、ことばは、だれかに聴き取られるためにあるはずだった。

嬉しいの「うれ（うら）」は心のことだ。

「喜」は、ごちそうを持ったさまと「口」からなる会意文字で、笑って食事をすることをあらわす、という。

——そうだ　うれしいんだ

——生きる　よろこび

生きるということは物質の関わりからなっていて、具体的なものであり、けっして抽象的なもの、観念のみで処理できるものではない。

——だから君はいくんだ　ほほえんで

君、とはだれか。

不格好で弱くありながら、傷つこうとも怖れずに差し出すことの勇気と愛を知ったもの、かつてそういう在り方が在ることを胸に潜めたもの、か。

つまりは——君とは、この自分が持っているはずの欠片だ。

哀しみを背負うものたち――等価交換の不／可能性

トリヴィアをいくつか。

牛は、頭が良い。長年飼っていると簡単な言葉を覚えるようになる。牧場から帰ってきてもなかなか牛舎に入らないので、牛の行くところについていくと、山の中で母牛が出産で動けなくなっていた――なんていうことがあるほど、仲間思いである。家畜運搬車に乗せられて行く時に、たまに涙を流して泣く奴もいる。年寄り牛ほど、泣きながら黙って乗って行く。わたしたちの食べている肉というのは、牛の死体の一部である。

ご存知だったろうか?

ということを、わたしは、荒川弘（ひろむ）の漫画『百姓貴族』によって具体的に知ったのである。

鯨やイルカを食べることに対して反対や抗議をするものたちの使う論拠の一つに、よく知られているように「かれらは知能が高いから食べるべきではない」というのがある。知能が高いという理由は、必ずしも明確にされていないが、脳の絶対重量の大きさや、イルカや小型鯨では体重に対する相対比率の高さが挙げられることがある。一般に哺乳類では、体重が増加するにつれて脳の重量も増すので、それを補正し体重に見合う脳の大きさに比較してどのくらいの脳をその動物種が持っているかを算出した数値が、脳化指数と呼ばれるものである。それによると、ヒト（資料によって異なるが、以下7・4―7・8を挙げるものに従う）に次いで数値が高いのはバンドウイルカ（数値は5・3）で、チンパンジーのほぼ2倍をしめしている。因みに、適当に動物を選んでいくと、鯨は1・8でゴリラと同じくらい、アフリカゾウ（1・3）、カラス（1・25）、犬（1・2）、猫（1・0）、雀（1・0）、馬（0・9）となって、牛は0・5、豚はは0・42だそうである。もっとも、脳化指数は「知能」の高さを表わすものではなく、「知能」との相関性があるとは言えない。脳の機能ということであれば、脳の構造や神経系の数が大きく関係してくるだろうし、いろいろな角度からの記憶力や識別力などの実験が「知能」を類推するのに必要となってくるだろう。

というよりも、そもそも、言語を持って思考することを本領とする人間に用いる「知能」というものを、動物たちに当てはめられるのだろうか、というごく単純な疑問がある。生きものたちはおよそ、自分たちの生きている、この環境と関係を取り結び、そのなかでなるべくよく生きられるように身体を発達させ機能させている訳で、それは人間の価値観や基準で濾して評価できるというものではないだろう。イルカや小型鯨は、人間の価値観の中に収まる「知能」を他の生きものよりもはるかに高く持っている、というのは、根拠がないばかりではなく、かれらに対してもはなはだ無礼というものである。

むしろ、ミミズにも知性があると言ったチャールズ・ダーウィンや、さらには神経系すらない単細胞生物である粘菌の運動にも知性をみようとしている中垣俊之のような研究者の方が、すがすがしい。というのも、たとえば、ダーウィンの言うミミズの知性とは、ミミズの生態の徹底的な観察によって得られたもので、ミミズの行動は単なる刺激—反射運動ではない。かれらは、知覚によって得られた情報を識別し、選択し、判断し、行動している——これを知性とよんだのである。自分の生きる場所（環境）がどういうものであるかを知覚で把握し、そこにおいて、柔軟に対応して生きる仕方を確保する、それが知性である、ということだろう。こうした世界の見方は素敵だ、と思う。生きものを、人間的な価値体系の序列の中に位置づけて、勝手な判断で優劣をつけたりするようなことと遠く離れている気がするからである。

「知能」なるものを軸にして、食べるのは残酷だとか、食べてはいけないというのは、人間を頂点に置いた優劣の序列を無前提に設定することである。「知能」が高いものは食べてはいけないとは、そこでいうところの「知能」が低いものは食べてもよろしいということだ。食べる、というのを禁じるのは、それが認めるに足るものであり、重要な存在であるからであって、裏返せば、食用にしている動物は、それそのものの存在意義を認める訳ではないということだ。つまり、食べている動物を食べものと看做している理由は、「知能」が低いからであり、「知能」が低いとは劣っているということだからだ、となる。

これは相当剣呑な考え方で、なにが剣呑かというと、こういう理屈でいくと、容易に「知能」が低い人間は認めるに足りないとか、重要な存在とは言えないとか、有用性に欠けるとかいうことに結びついていくからである。というよりも、食べる、食べないに「知能」などを持ち出すような考え方の裏には、優生思想的なものが張り付いているのだ。さらには、こうした議論の進め方のどこか奥底には、動物たちに対する思い入れよりも、ある人間集団に対する蔑視が潜んでいることが少なからずある。ある動物を食べることが残酷だ、というよりもむしろ、ある動物を食べる人間集団は残酷だ（野蛮だ、「文化度」が低い…etc.）というほうに力点がかかっているのである。

とはいえ、犬や猫をはじめとした動物をペット（コンパニオンアニマル）として慈しみ共に生活している者は、「うちの子は賢い」とか「この子は、おばかでねえ」とかいったことを平気で口にする。だから犬は、とか、猫はと、種に敷衍して話を進める人もいるけれども、たいてい、関心の焦点は〈ほかならぬ・このもの〉性を持った個物としての存在に当てられているのであり、動物種としての「知能」を問題としているのではない。ここで語られていることは、そのものと自分との関係の中で紡ぎ出された関心の濃密さについてである。動物と一緒に暮らしていると、そのものとの交感（を認めるかどうかでも立場が分かれるところだろうが）を通しながら、ともに生きる技法のようなものが相互に発達してくる。それは、互いに観察し、間合いを計りながら生まれてくるものであって、そうした観察ややり取りの積み重ねから親密さや愛情といったものが育まれていく。そういう風にある動物と接しているものにとっては、その動物が「個性」を持っており、豊かな感情を——たとえそれが人間のそれとは異なったものであれ——持っていることに、そして、人間的な意味でも賢いということに直感的に気づいているし、不思議でもなんでもないと思っている。豚や馬も、こういう形で接していると、驚くほどの賢さを持っている個体の存在に気がつくだろうし、個体差というものの大きさにも気がつくだろう。もっとも、豚の脳化指数の低さはむしろこちらのほうが驚きであって、これをみても、脳化指数と「知能」との相関性の低さのほうに思い至る。フィリップ・K・ディックの短篇に出てくる哲学的な豚を引き合いに出さなくても、豚をペットとして飼う人間は、犬と変わらない豚の賢さを知っているみたいだ。

荒川弘の語る「牛は頭が良い」というのは、この領域とダーウィンらのいうような「知性」を認める領域との中間にあるものであり、「知能」という言葉で表現するものとは隔たったところにある。というのは、なによりも、荒川弘が、畑作酪農家の出、として語っているからだ。

「いや牛いいですよ!! ペットにするなら牛ですよ絶対!! ひとになついてかわいいし!! 強い

し!!／なにより美味（うま）いし」（『百姓貴族』）。

「かわいい」と「強い」と「美味い」を並列させているのは、とりたててギャグでもなんでもなく、まったくの本気であり、また当然のことだ。

荒川にとって、牛は、産業動物である。産業動物であるから、大切に世話をして育てる。大切に世話をするから、牛を牛として徹底的に観察し、そのなかから親密性が醸し出されてくるのだろう。

口蹄疫が発生した時に、生まれたばかりの仔も含め何十万頭もの牛や豚が殺処分の対象となった。その報道を耳にするたび、殺されていく動物たちにうずくまりたくなるような痛ましさを感じたものだが、しかし、その殺されていく動物たちのほとんどはいずれ、食べられるために、本来の消化管機能に合わない高栄養飼料を与えられて肥育され、本来の寿命よりも相当早く殺されるものたちだ。自分の感じている痛ましさとはなんだろう。平然と肉を食べているのになんだか倒錯していないだろうか、と後ろめたくもあった。そしてまた、畜産農家の人たちが経済的な損失以上に、自分の牛や豚を殺す判断を下すことに対して忍びがたい苦痛を感じていることをわかるような気もするし、畜産どころか農業の経験もなく、身近にも経験者のいない自分には所詮わかりようもないというか、わかるということ自体烏滸（おこ）がましいようにも思えた。

生後一度も立てないでいた仔牛を獣医に診てもらった時のことを、荒川は描いている。生まれる時に脊椎を痛めたらしく、もうダメかもしれないという獣医に、もう少しで立てそうだからと荒川一家は、マッサージを試みる。数週間毎日朝晩マッサージと歩行訓練を繰り返しても立ち上がる気配がない。因みに、別のところで描いているが、秋の収穫期の農家の一日というのは凄まじく、朝の五時前から八時まで牛の世話、朝食を食べて八時頃から昼前まで畑仕事でそのあと牛の世話、短い昼食を挟んで、畑仕事と牛の世話をし終わって、夜の九時頃に夕食、そのあと午前〇時まで野菜の箱詰めをし、洗濯、風呂、鮭の解体、睡眠というもののようで、さらに時間に余裕があれば他の農家へ手伝いに行くという。獣医は珍しい症例なので仔牛を研究用に使わせてもらいたいと申し出る。

「ご存知の通り　家畜は消費動物だ／経営にプラスにならない時は　早めに処分しないと手間とエサ代等で赤字が増えていくだけ…というのは小さい頃から否応無く心身に染み込んでいたが／——なんだろう　この気持ち」

研究に供することの意義や重要性を理解しつつ、ひと息に殺して下さいと獣医には断りを入れ、一日置いておくと赤字になるとその日のうちに家畜処理場行きのトラックが手配される。現実は牛にとってかなり厳しい。

「病死牛・事故死牛に混じって運ばれて行く生きている仔牛／昨日までみんなで朝晩マッサージしてた仔牛」

……荒川のみてきた、生きることの関係性、というのはここにある。

代替不能な個物への慈しみと、種としての観察及び働きかけ、そして人間社会のなかでの分業と食を通した繋がり合いで捉えられる動物＝食物、それら別々の位相で語られるような事柄が、戸惑いつつ、たじろぎつつ、畏れつつ、同時に、同一空間上に立ち現され、生きることの関係性の厳粛さとどうしようもなさをみるものに突きつける。


ナイフ一つを持たされて、なにもない孤島に置き去りにされ、ひと月間生き延びるという修業を、『鋼の錬金術師』の幼いエルリック兄弟は、弟子入りを希望した師匠に課せられる。「一は全、全は一」とはなにかを身を以て知れ、というのだ。お腹がすいたかれらは、ウサギをつかまえる。だが、食べるためには、たった一つの武器であるナイフで殺さなければならない。ウサギのうるうるした目に見つめられて躊躇（ためら）っているうちに、キツネに奪われてしまう。おまけに、謎の怪人にも襲われ、せっかくの獲物を奪い取られたり、格闘を迫られたりする。

死にたくない。

だが、自分が死んでも世界は変わらない。小さな存在である自分が死ぬと肉体は残り、元素の合成物である肉体は、バクテリアに分解されて植物の栄養になり、植物は草食動物を育て、草食動物は肉食動物を、という具合に、世界は自分たちの意識しないところでも、当たり前に循環している――もはや、兄弟は、ウサギをつかまえ、謝りつつ、祈りつつ、殺して食べることに躊躇いはしない。

目に見えない、大きな流れ――それを「世界」というのか「宇宙」というのかわからないけれど。

「オレもアルも、その大きい流れの中のほんの小さなひとつ。全の中の一。だけど、その一が集まって、全が存在する。この世は、想像もつかない大きな法則に従って流れている。その流れを知り、分解して再構築する…。」

それが、錬金術の要諦だという。

無から有は生まれず、有は無に帰せず、質量保存の法則に従って、あらゆる物質が、組み合わさってはかたちとなり、またほどけて砕け散り、そうして、そのなかからあるとき、代替不能な確固とした輪郭を持つ個物が、一回きりの現象として存在を明らかにする。

地球という限られた系の中での物質循環は、質量保存の法則――エネルギーの問題はさて措こう――という箍(たが)に締められている。したがって、個々がすべての存在物を構築し、すべての存在物は解体されると個々になり、それらが常に運動し、衝突して、構築と解体の果てしなき流れを作っている。その意味では、一は全、全は一、であろう。

物質の流れを受け入れ、理解した上で、創造する者、それが錬金術師である。

物語は、これを基点として、駆動していく。

個物を要素に分解する。要素を個物に構築する。これを、かれら錬金術師たちは、等価交換と呼ぶ。

エルリック兄弟の最初の、しかし、決定的な間違いはなんだったか。

というよりも、かれら錬金術師たちが抱えることになった罪とは、いったいなにか。

かれらは、死んでしまった母親に会いたい一心で、錬金術による母の創造を試みる。一は全、全は一なのだから、母親の肉体を構成していた要素を追求し――それは、人間存在を徹底的に要素に分解していくということでもあるが――、材料を揃える。そうした上で、魂の情報として自分たちの血液を入れる。打ち立てた仮説が正しいならそれで母親が構築されるはずだったが、無論そうはならない。世界であり、宇宙であり、神であり、真理であり、あるいは全であり、一であると呼びならわされる存在であり、そして同時に「オレはおまえだ」というものがかれらのまえに立ちはだかり、真理を見せてやるよとあざ笑い、真理の扉のなかを覗かせる。兄エドワードの人体錬成理論は間違ってはいなかった、けれどもなにかが足りない。もう少しでたどり着けるはずの真理へ到達しようと、かれはそのものに懇願するが、しかし、通行料が足りないと拒絶される。真理を見せるのも「等価交換、だろ?」。真理の一端を見ることは左脚一本と弟アルフォンスの身体との等価交換だった。もっていかれた弟を取り戻すために、エドワードは右腕を代価にして、弟の魂を鋼の鎧につなぎ止める。

もともと、人体錬成術は、師匠によっても「世の中は常に大きな流れにしたがって流れている。人が死ぬのも生まれるのもその流れのうち。だから、人を生き返らせようなんて事はしてはいけない」と厳しく禁じられていたものである。

かれらの不十分な理論でできあがった「母」は、亡くなった母親とは似ても似つかぬ、不気味な代物だった。かれらの錬金術は、無から有を創り出すのではなく、再構築なのだから、存在していない死者を構築するのは不可能である、ということなのだろう。魂も、精神も揃っていないのだから。

一は全、全は一というのは絶えず運動している流れを鳥瞰し、かつ一瞬に静止させた時にみえることであり、個を加算した総数が全なるまとまりになるのではない。すなわち、総体は総数の和ではない。したがって、あるひとつのまとまりを微分していき、要素に還元させたものを再構築しても、運動を再現できる訳ではないので、全く同じものとはならないはずである。もちろん、錬金術であるのだから、生命体の場合、魂という固有性なるものを設定し、さらに、魂と物質の集合である肉体を結合させるものを精神として、その運動を保障しようとしているのだけれども。

兄弟や師匠は、死者そのものを再構築しようとしたから失敗したのであるが、肉体、精神、魂が揃っている人間を分解して再構築する、ということは、（物語世界では）可能となっている。

錬金術で再構築されるものは、限りなく近似なものなのだろう。錬金術によって生み出された人造人間であるホムンクルスたちの不気味さも、こういうことなのだ。

ロボット工学で言われることに、「不気味の谷」という現象がある。簡単なロボットから、複雑なロボットに、さらに人間に酷似したものに近づくにつれて、人間のロボットに対する親近感も相関的に増加していくが、極めて近くなると、突然あたかも死体が動いているように気味が悪く感じる、というのである。さらに、人間の外観や動作と見分けがつかなくなると、再び親近感を感じ出す。この、親近感が急激に下がっているレンジを「不気味の谷」と呼ぶ。ロボット工学者の森政弘が提唱したものである。

対象が、人間とかけ離れていると、人間的な特徴が際立って親近感を感じる。これはおそらく、たとえば『百姓貴族』で荒川が牛を描写している時に台詞をつけたりするような擬人化とも関わりがあるのだろう。ところが、人間に近づいてくると逆に非人間的な特徴が浮かび上がってくる。このことを、人間酷似型ロボット研究の石黒浩は、次のように書いている。

「見かけが非常に人間らしいと、我々の脳は、人間だという前提で対象を見るようになる。ゆえに、動きも人間らしいはずだと思って見るのであるが、その動きが人間と異なる場合に、急に判断を翻すように、強烈に人間ではないという感覚に襲われる」（『ロボットとは何か——人の心を映す鏡』）。

錬金術によって、人間の近似として創造されたホムンクルスたちは、だから、あらかじめ不気味さを背負った者なのである。

かれらが人間に対して優越感を持ち、人間を軽蔑しているのは、かれらこそが人間の価値の序列を信奉しているからにすぎない。かれらが——かれらの収束点である「お父様」が、人間の創った錬金術を、時間的にも空間的にも壮大な規模で駆使して、国土錬成陣敷設を目論んだのも、結局のところ、人間の価値の序列の頂点に立つためである。近似的なる者が、すべてのものに超越することはできないのは、近似しようとしているものが設定し、保持している価値の序列を認めてしまっているからなのである。国土錬成陣敷設のために、アメストリスという国家を建設したことは、人間の営んできた国家の本質——破壊と殺害による領土（この場合、魂のエネルギー量であるが）拡大——の模倣になっているのだ。

エルリック兄弟の間違いとは、死者を錬成しようとしたことだったのか。

錬金術師たちの抱える罪とは、人間に近似する生命を生んでしまう錬金術を編み出したことなのか。

いや、おそらく違う。

そもそも、物質の循環で成り立っている流れがあるとして、それを等価交換と看做す世界観にあったのだろう。

それを知っていたのは、むしろホムンクルスのほうだったように思える。ホムンクルスのエンヴィーが自死したのは、殺害と復讐という等価交換を拒否したからだろう。親友を殺したエンヴィーへの憎悪にまみれ、復讐に燃えるロイ・マスタングは、エンヴィーにとどめを刺そうとした時に、部下に制止される。マスタングは憎しみを晴らすだけの行為に蝕まれており、その行為は国のためでも仲間を助けるためでもない。憎しみを晴らすためにエンヴィーを殺害するのはいけないことだから、部下がエンヴィーを片付けるというのである。これは、エンヴィーが親友を殺したことに対する同害報復の適用であり、すなわち、等価交換の原理に裏打ちされた死刑である。そのことを見抜いていたから、エンヴィーは、その前に自らを殺し、等価交換を前提としているかれらの世界観を拒絶したに違いない。

なるほど、世界は質量保存の法則に則って、無数の生成と変化の運動で流れてはいるが、それは、交換されているわけではない。その流れを切り刻み、一部を取り出して認識すれば、等価交換に見えるかもしれない。だが、全体として釣り合いが取れていても、価値は個々の現場において平等に分散し配置されている訳ではないのである。つまり、等価というときの価値体系の中に序列化されて位置しているのだ。もちろん、これは認識の問題であるが、等価ということ自体が認識的現実の上に成立しているからである。代替不能な〈ほかならぬ・このもの〉性の存在と殺害の問題は、全体の釣り合いとは別の位相で働いている。それを、等価交換と看做すことは、すなわち暴力の論理である。殺害と報復が正当化されるのは、それが等価交換であると看做されているためなのだ。したがって、等価交換というものを基盤にする限り、殺害を容認することになる。国家錬成陣が、殺害によって成立しているのは、まさしくそのことを証拠立てているのである。

問題とすべきは、だから、価値尺度ではなくて、交換ということなのだ。等価交換の原理によって、人間に近似したものとして生成したホムンクルスのもつ不気味さよりも、交換という技を自らの存在理由に張り付かせている錬金術師たちの方が、よりいっそう不気味さを背負わざるを得ない。

エルリック兄弟は、かれらが錬金術師である限り、罪＝哀しみをひそかに抱えもっていかなければならないだろう。

＊

立つことのできない仔牛を必死にマッサージし、そこで引き延ばされた希望は、手間と餌代で積み重なって行く赤字に換算されて、みるみる目減りしていく。いま目の前にしている、この仔牛と、産業動物としての〈このもの〉。それを媒介しているのは、カネで仕切られた価値体系であって、交換可能だと納得しなければ、生活をしのいでいきがたい。

その、ほろ苦さを知る荒川弘だからこそ、等価交換の不可能性をペン先に滴らせている。わたしには、そう思えるのである。

水はおぼろでひかりは惑ひ

わたくしといふ現象は／仮定された有機交流電燈の／ひとつの青い照明です／（あらゆる透明な幽霊の複合体）／風景やみんなといつしよに／せはしくせはしく明滅しながら／いかにもたしかにともりつづける／因果交流電燈の／ひとつの青い照明です／（ひかりはたもち　その電燈は失はれ）

宮沢賢治「春と修羅」のあまりにも有名なこのフレーズは、しかしわたしの場合、少し湿りを帯びた苔のように柔らかいアルトとともに耳の底から響いてくる。それは、一五歳というには大人びた少女が、わたしの応答を促すような微笑を含みながら暗唱する声だ。そう、わたしたちは少女だった。放課後の誰もいない教室で、彼女はグランドピアノの椅子に座り、わたしはピアノに凭（もた）れ、夢見ていたのだ、銀いろの月のしずくを受けて、言葉の海で泳ぐ魚を。透明な青い気層のひかりの底は、四月でもなく九月でもなく、鍵盤が漂い、死児の名を呼ぶ声が降り積もる。

わたくしという現象は、因果交流電燈の、ひとつの青い照明である、といういかにも不思議に聴こえもする言葉は、少しも不思議ではなく、生命体としてのわたしを思うとき、むしろ当然のことのように感じる。

無から有は生まれる筈もなく、わたしがいまここに在るのは、すなわち、ひとつの精子とひとつの卵子、それが合体した小さな、小さな受精卵から遠くここまで来ることができたのは、わたしが大気を呼吸し、摂取と排泄を、繰り返してきたからである。そうやって、わたしは、わたしで在ることを構成する物質を手に入れ、生成し運動するエネルギーを得てきた。

摂取と排泄。およそわたしが食べるものとして口にするものは、水と塩以外、生命体、あるいはかつて生命体であったものの欠片である。わたしは、それを口にして、噛み砕き、飲み込み、わたしの身体の内部であり外部でもある消化器官のなかに流し込む。そこで、それらは分解され、小さな化合物となり、吸収され、あらたな化合物になり、わたしの身体の一部となる。そのかたわらで、わたしの身体を構成していた小さな生命単位、細胞やその他のものは死んで、わたしから離れ、剥がれ落ち、外部に出ていく。瞬時瞬時に行われる、この繰り返し、無数の押し寄せて、また帰っていく波の群れ。わたしのなかでいくつもの小さな死がはじけ、わたしを構成する物質は、絶えず変化し、わたしはわたしであることを保ちながら、物質としてのわたしは、常に変わらぬものの集合体ではなく、物質の集合離散の流れに浮かぶ現象である。小さな銀いろの魚の群れが、一斉に同じ方向に動き、寄り集まって大きな身体の生きものに見まごうごとく、運動するように。

わたしの食べるものは、生きもの、かつて生きていたもの、生きて、それらの固有の営みを、呼吸し、食べて、消化し、吸収し、合成し、排泄し、死と生の交換／交感のなかで生を紡いでいたものたちの欠片。植物の類いならば、呼吸をし、光合成をし、表土から無機栄養物を摂取するというやり方をとりながら、代謝をして生きていたものたちの欠片。その表土とは、数多の生命体が、生まれ、食べ、排泄し、代謝し、生殖し、増殖し、死んで、ほどけて、他の生命体に食べられ、分解され、食べるものが食べられ、排泄したものも摂取され、分解と生成を繰り返しながら、できてきたものである。

したがって、わたしはわたしたちであり、わたしたちはわたしである。

わたしが在るということは、つまりは、数多の物質の生成と分解の繰り返しのなかで、無数の死と生の交換／交感のなかで、ふっと形づくられているということだ。生のなかに死があり、死のなかに生がある。

もし生命が光であるとするならば、初めて原初の海に光った三八億年の彼方から、光を灯すものに次々と受け継がれていき、あまねくひろがって、受け継いだそのものは変化し、死に、種として絶滅しても、光そのものは途絶えたことはないという。この星が、燃え盛る火の塊となった時も、全球凍結して冷たい氷に閉ざされても、どのように幽けくあっても、だれかが生き残り、生き延びて、一旦灯った生命の光は、受け継がれていき、けっして消えることなく、その果てに、わたしたちが在る。

だから、わたしもまた、生命の夥しい群れのそれぞれに手渡された光を受け取り灯す電燈であり、わたしが消え、あなたが消え、それぞれの電燈が失われても、光はたもたれるだろう。せわしく、せわしく明滅しながら。たしかに。

物質としてのわたしが、数えきれない物質の集積と離散の現象として在り、絶えず変化しているにもかかわらず、わたしがわたしでありえるのは、わたしの証明である配列をそれぞれの細胞が持ち、そしてまた、わたしの記憶を保持する電気回路のようなものが架線されているからだ。

そして、物質としてのわたしが他者の欠片からできているのとおなじように、わたしの内部に蓄積された情報、記憶もまた、他者から受け取ったものである。この眼が舐めるもの、この耳が掴まえるもの、この鼻が触るもの、この皮膚が染まらせるもの、この舌が抱きしめるものはすべて他者と他者が構成する世界であり、それらを知覚して、選別し、わたしのなかに刻み込むためにわたしの使う言葉、それもまた、他者から受け取ったものである。これはなんというものか、この状態はなんというのか、どのように音の並びに変えていくのか、音を目に見えるものにする手だても。その言葉を使って、わたしは思考するのだから、わたしの思考も、出会ったものたちとかれらがわたしの内部に刻みつけたものたちの欠片を含んでいるのだ。

他者から差し出され、贈られたものが、わたしの内部にしっかりと刻印される。その印象 impression からなるわたしの心の風景を、わたしは、わたしの外部、他者へと表現 expression し、贈り返す。

……こうしてみると、世界は、気が遠くなるくらい無数の生命の呼びかけと応答、死と生の交換／交感、歓喜と絶望、快楽と苦痛の一致、そうしたもので織りなされる光のざわめきである。

それらが、相互に陥入しあっているのが、〈肉〉だ。

わたしは、肉を纏っているのではなく、わたしという意識そのものも、肉のなかに存在している。

心象スケッチ「春と修羅」は不思議でもなんでもない。

むしろ、不思議におもうのは、そうして織りなされている世界で、しかしなおかつ、〈わたし〉というものは確固とした固有性を持っている、ということである。生命史三八億年という流れにあって、〈わたし〉はただ一度きり、このいま、このときに灯ったのであり、〈わたし〉が消滅してしまえば、二度と再び、この世界に現れることはない。そして、〈わたし〉と同類であるもの、似たものは数多くあるが、だれひとつ〈わたし〉そのものというものではなく、〈わたし〉と他者とはくっきりとした境界で切断されており、絶対的に代替不能だ。

そうした固有性、厳然たる一回性が、生を、残酷で悲しく、そして美しくさせているのかもしれない。

わたしが、〈あなた〉の死を悼むのも、〈あなた〉の不在、喪失に鋭い刃物を突き刺されたような痛みを感じるのも、そこを根拠としている。

＊

よだかは、なぜ、星になろうとしたのだろう。

食べることに含まれる、殺害の連鎖から逃れようとしたのか。なぜかそう覚えていたのだけれども、どうもきっかけは違っていたようで、そういう実存の根源的な問いよりももっと、ある意味情けない、それだけに身近で切実なものだったみたいだ。自分の醜さに劣等感を持っていたというのは、他のものから自分が醜いものであると言い立てられ、理不尽に嫌がられたからであり、どこにも居辛く、そういうところに、鷹から、よだかという名前を変えろと無理難題を押し付けられて、それで飛び出して行ったのだった。この醜さというのは、語り手がいきなり認めているところで、これ自体があまりにも唐突に断定されていて、外見的な醜さが否定される世界というものが所与であるかのようであり、しかも、よだか自身は醜いけれども、実は美しいかわせみや蜂すずめの兄弟であるとされているところが、賢治の心象風景を表わしているようで興味深い。賢治の童話には、「猫の事務所」にしろ、「オツベルと象」にしろ、「銀河鉄道の夜」にしろ、理不尽というか、純然たる悪意のための悪意のような、嫌なつまはじきや蔑視やら、酷い取り扱いが出てくる。それに対して、いとも簡単に、あるいはなにかの言い訳のように、死ぬ、死んでしまおうと口にする。

それはさておき、名前を変えるよう強要されて、そんなことをするくらいなら、死んだ方がましだ、殺してほしいと懇願するのである。名前を変えて、その札を首からぶら下げるという恥辱を拒否したのか、唯々諾々と鷹の言いなりになることを拒否したのか、いずれにせよ、よだかは、理不尽ないじめ、除け者扱い、侮辱や排除に対して、おろおろとし、自分がそのような扱いを受けることに納得ができないどころか、悪いことをしたこともなく、むしろ親切をしてきたのにと、ただただ辛く思い、いきなりこの世界から抜け出して、死んでしまおうと思う。そして、思い切って空を飛んでいる時に、羽虫が幾匹も咽喉に入り、それから、甲虫が咽喉に入ってもがいているのを飲み込んだときに初めてぞっとするように思い、胸がどきどきして泣き出してしまい、「ああ、かぶとむしや、たくさんの羽虫が毎晩僕に殺される。そしてそのただ一つの僕がこんどは鷹に殺される。それがこんなにつらいのだ（…）」、飢えて死のうか、その前に鷹が僕を殺すだろう、その前に遠くの空の向こうに行ってしまおうと思う。弟のかわせみに、どうしてもという時のほかはいたずらに魚を捕らないように言い残して別れを告げ、太陽や星に灼けて死んでも構わないから連れて行ってくれと頼んでその都度断られ、それでも空の高みにどんどんのぼっていき、つく息はふいごのようになり、冷たい空気に貫かれて、最後を迎え、とうとう青い美しい光になってしずかに燃えてしまう。

そうだ、ここでは、いじめられることの苦痛、つまり自分の魂が窒息させられそうになる苦痛と、自分が生きるために食べる、すなわち他者を殺してしまうことの苦痛が同列に並べられている。身に備わっている魂に受ける苦痛と、他者の身に自分が苦痛を与えることの苦痛。それは、直接には自分の肉体の痛みではないけれども、魂の痛みとなっている。

いや、違う。かりに罪の意識が魂に痛みを与えるとして、他者の身に苦痛を与えることに対する罪の意識に先立って、背中がぞっとした、と肉体の拒否、震えがきている。

よだかの魂を突き刺すような言葉を吐いたものたちが痛みを感じることはなかったのに、むしろ、鷹や鷲の星などはからかって自分が優位に立っている快感さえ感じていたようなのに、なにゆえ、よだかは、自分が日常行なっている食べるという行為に、痛みを感じたのだろう。

小さな羽虫が、幾匹も幾匹も咽喉にはいってきたときは、格別なにも感じなかった。けれども、甲虫が咽喉に入ってきた時は、ひどくもがいた。それを呑みこんだとき、ぞっとしたように思った。また、甲虫がはいってきて、喉をひっかいてばたばたしたのを無理に呑みこんでしまったとき、急に胸がどきっとした……。羽虫は小さすぎて、肉体の感官がはっきりと知覚することはできなかったが、甲虫のもがきは、よだかの肉体を傷つけ、そのことによって、甲虫もまた、自分と同じように肉体を持ち生きていることを、よだかの肉体がしっかりと感知したのだ。だから、生と死がぶつかりあい、歓喜と絶望が一致し、嵌入しあう、〈肉〉の現場に、肉体が疼き、反応する。

　わたしは思い出す。遠い日、毒性学や薬理学の実習で、動物たちを殺した時のことを。小さなマウスは、みな、注射を打つため左手で保定しているとき、華奢な四肢をばたつかせてもがき、噛みつこうとし、時には糞尿を漏らすものもいた。わたしは、手に伝わる温みや脈動やもがきや、それからマウスに与えられた手の痛みから、マウスが生きていること、そのものをいま、殺そうとしていることをはっきりと感じた。だが、毎日何匹ものマウスを扱っているうちに、その感覚には慣れていった。そして、手際よく作業を行う技術を、習熟させていった。ビーグル犬の場合、ほとんど触れることなく、わたしでないものの手によって、筋弛緩剤が注射された。凝っと見つめる犬の眼を、わたしの眼がしっかりと捉え、そのとき、わたしの眼はなににも触れてはいなかったけれども、わたしの身体は痺れたようになり、胸には確かに痛みを感じた。犬を殺害したのは、この一匹だけだったので、慣れるということはなく、〈この犬〉を殺害した痛みは、長く脳のどこかに沈殿することになった。この違いは、なになのか、自分でもよくわからない。わからないけれども、犬とマウスで異なるとすれば、犬の場合、〈ほかならぬ・このもの性〉が立ち現れたということか。

だとすれば……。最初に殺したマウスが見せた、自分も生きものである、という投げかけは、受け止めはしたものの、〈同じようなものの群れ〉の反復によって、わたしのなかでの個別性を失っていったのはなぜか。犬の場合も、もし仮に、何匹も殺し続けたならば、そのものが持っていた確たる固有性は、〈犬というもの〉のなかに溶け出していき、やがてみえなくなり、慣れていくのだろうか。

たとえば、人を殺す道具は、皮膚に触れる距離から、息づかいの聴こえる距離へ、顔貌が視認できる距離から、ひとりひとりの人間とは認めることができない距離へ、そしていまや単なるデータとしてしか把握しない距離まで、歴史的にその射程距離を延ばしていき、それと同時に、殺害の数量も飛躍的に増えていった。その都度、わたしたちは、殺害という行為に内在する〈肉〉の相互性を剥がしとられて、〈肉〉であるわたしのこの肉体が〈肉〉であることの感応性を喪失して、殺害を、質と量で計測する出来事となしていったのかもしれない。

元に戻ろう。

よだかは、自らであることをしめす名前を変えなければ、鷹に殺されることになった。それで、名前を変えるくらいなら、死んだ方がましだ、と言い、自分の生きている場所から遠く離れようとした。その途中、自分もまた、ほかの生きものを殺害するものであることに気がついて、それで、そのつらさから逃れようと、ここではない場所、へ行こうとする。ここ、自分の生きている場所ではない場所へ。生きものたちが生きている場所とは別の場所、別のどこかへ。つまりは、それは、生きることから逃れ、離脱しようとすることであり、自らを殺害することである。

なにかが、おかしい。

理不尽な殺害と、生物界に備わっている食物連鎖という形での殺害を、同等に扱っているからか。

食物連鎖という形での殺害は、「ビジテリアン大祭」で綿密な議論の形式で取り上げられる。このなかで、菜食主義のうちの「同情派」——「あらゆる動物はみな生命を惜むこと、我々と少しも変りはない、それを一人が生きるために、ほかの動物の命を奪って食べる（…）これを何とも思わないでいるのは全く我々の考が足らないので、よくよく喰べられるほうになって考えて見ると、とてもかあいそうでそんなことはできない」という思想が、よだかの根拠になるかもしれない。菜食の実行方法については、動物の命を取らない自分ばかりがさっぱりしていると云ったところで他の動物がつらくては、なにもならない、結局は他の動物がかわいそうだから食べない、もしたくさんのいのちのために、どうしても一つのいのちが入用な時には仕方がないから泣きながらでも食べてもいい、そのかわりもしその一人が自分になった場合でも敢えて避けないで食べられる側に回る、というものが、よだかの根ざすところになるか。つらい、ということを梃子にしているのだから、ここでは、食べることにまつわる殺害だけではなく、魂を傷つけることも含んでいるのかもしれない。

よだかは、けれども、食べられる側に回るというのではなく、生きものから、生きる場所から離脱したのだった。ということは、菜食主義でも殺害の連関から逃れられない（と、よだかは思った）ということか。

そもそも、しかし食べるということにおける殺害は或る他者との間で相互性のあるものではなく、世界という場に拡げてみて、ようやく与える——与えられるの循環と嵌入がみえてくるものだ。とすると、世界は、苦痛に塗れていることになる。いや、苦痛に塗れているかもしれないが、しかし、同時に歓喜もあるのであって、世界そのものが〈肉〉なのか。ならば、それは、もはや、哀しみと歓喜、苦痛と快楽であっても、生の運動そのものには残酷という言葉を差し入れる余地はないものなのか。

おそらく、残酷という言葉は、哀しみと歓喜、苦痛と快楽と同様、〈ほかならぬ・このもの性〉が起ち現れる場所に当てはまる言葉であって、〈肉〉そのものは、なにも意味はないのだ。

いや、意味を与えてはいけない。

意味を与える時に、「世界がぜんたい幸福にならないうちは個人の幸福はあり得ない」（「農民芸術概論綱要」）という言葉は、都合良く読み替えられてしまうのだ。世界が〈肉〉だとするならば、世界がぜんたい幸福になる、ということは、あり得ないことなのに、その不可能性に向かって、個人が〈ほかならぬ・このもの性〉を放棄させられる事態を引き起こしてしまうからである。言語で「世界ぜんたい」という場合、その世界は、必ず境界域を持つ。〈肉〉そのものを世界、と表現してはいない。「世界ぜんたい」の世界とは、たとえば、共同体であり、国家であり、そのような外部を持つ、閉じられたものなのだ。「世界がぜんたい幸福に」なるためには、〈ほかならぬ・このもの性〉はそこでいう「世界」のなかに溶け出していかなければならない。そしてまた、「世界がぜんたい幸福に」なることを認識し、評定する眼差しの位置はどこにもあるわけはないのに、あるいは、あるとするならば時間という装置を通して過去を評価するところにしかなく、つまりは、未だ確定されていない遠くに仮設された裁定に向かって、〈ほかならぬ・このもの性〉を擦り、切り縮め、ぐずぐずに全体という名前のもとに溶かし出そうとしていく、そうした動きが、このような言葉を使い勝手のよいものとして利用する。

わたしのこの身体、多細胞生物であるわたしのこの身体には、数多の細胞がそれぞれ共に生きて、わたしという全体を保証している。ある細胞が、たとえば癌化してしまったら、その細胞は、ほとんどの場合、自ら構造変化を行なって死んでしまう。アポトーシスと呼ばれる現象だ。わたしという生体の全体の状態を保つために、細胞に仕組まれたプログラムにより起こるのである。〈生きる〉ことを目的とする生命の、生きるための闘争の仕組みだ。これを、全体の幸福を守るために、異物となってしまった自分が自殺する、と言葉で意味を与え、表現した時、もっとも危険な隠喩となってしまう。

賢治の言葉を、こうした隠喩に変えてはいけない。

＊

放課後、グランドピアノのある教室で、賢治の言葉に魅せられ、互いに口ずさんだ少女たちは、言葉の海を泳ぐ魚を夢見た。やがて、いろいろなことに失敗し、余計なものを身にだぶつかせ、足を取られながら、かろうじて窒息を免れているような大人になったわたしは、ある日、あの日夢見たような、鍵盤がゆらゆらと漂い、家の玄関のドアが、家族の帰ってくるのを待っている、そんな海の写真を見ることになる。

点数の書き込まれた答案用紙。もう誰にも抱かれることのないテディ・ベア。値札のついたままのタオル。ストーブ。何も映さないテレビ。蛍光灯のコードが長く延びて天井から垂れ下がり、ソファが逆さまになって浮かんでいる。団欒のあっただろう居間。水中都市。

それは、津波でさらわれたものたちだった。風に吹かれ、大気の匂いを感じていたものたちが、大地の確かさを信頼していたものたちが、いまは水に包まれている。

海の魚たちは、風に身を晒し、海から遠く離れた校庭に、横たわった。

新聞の一面に掲載されたものに、一枚の写真が海底に沈んでいる、それを撮影したものがあった。映っているのは、居間らしいところで、楽しそうに笑う幼い女の子と、それをやさしく見守っている若い男性。いつのものなのか。たしかにそれは、家族写真だ。

寒さとねむさ
もう月はたゞの砕けた貝ぼたんだ
さあ　ねむらうねむらう
……めさめることもあろうし
そのまゝ死ぬこともあらう……

ああ、しかし、違ったのだ。新聞に載ったその、海に沈んだ写真のふたりは、生きていた。生きて、しっかりと名前を持っていた。

新聞を見て、それはわたしだ、と名乗り出たのだ。そして、海から戻ってきた写真を握りしめて笑い、再び幼い女の子は、陽の光のもとで、新聞写真を撮られることになる。

わたしのわびしく、みじめな感傷などにはおかまいなく、しっかりと。

多くのひとが、生きものが、喪われた哀しみとは重ならないで、〈この〉ふたりが生きていることの、どうしようもない驚きと嬉しさ。

人はむなしい幽霊写真、ではない。

＊〈肉〉の概念は、松葉祥一『哲学的なものと政治的なもの——開かれた現象学のために』（青土社、二〇一〇年）に示唆を受けた。記して謝す。

Ⅳ

菊の花弁は増殖し……

液体が満たされた透明な円筒型の容器に閉じ込められたそれは、滑らかな表面に照明の光を反射して、鈍い乳白色に煌めいていた。二センチくらいもあったか、なかったか、やけに大きく見えてしまう形の良い球体の、下部はクラゲの触手のような襞を広げており、それが液体の中で不安定に揺れていて、いきなり明るい外部に取り出されて、なにか戸惑っている生き物のようにも思えた。

——もっと禍々しい色をした、凶暴なものかと思ってました。綺麗だわ。真珠のようですね。真珠みたい、というのが面白かったのか、こういうものは手慣れたものなのだとばかりちょっと誇らしげにくすくす笑いながら、まだ若く、遊び盛りの子熊のような愛嬌のあるドクターは説明した。

——僕らの耳鼻科関係でのものではね、大体こんな脂肪の色の丸い塊が多いよね。黒ずんだり、汚いのもあるけどね。

それは、腹部にある巨大な塊から増殖してあちこちに散らばっていき、傍大動脈リンパ腺を通って左鎖骨上部から左頸部にかけてのリンパ腺に絡みついて根付いた癌の一つだった。取り出しやすい部位にあるので詳しい検査のために、検体として採取されたものである。

もし、検査によってその検体の種類やら性状やらが確定された結果、見当の通りであれば、癌細胞のアポトーシスを促す殺細胞性の薬剤として、プラチナ製剤も用いられるはずである。薬剤構造の中にプラチナを持つためにこのように呼ばれるわけであるが、薄い肉の下に隠されてデコルテを点々と飾る真珠のような塊が、プラチナによってしゅんしゅんと溶かされていく、と夢想すると、馬鹿げたロマンティックさに呆れながらも、なんとなく華やいだ気分になる。

内臓にがっちりと根を食い込ませて、ぐちゃぐちゃとまだらに紫色に染まった黄色い花びらを盛り上がらせて群生し、花粉を撒き散らすように次から次へと無数の細胞を放っている、頑固で醜く図々しい菊の花のようなかたちの生き物。

いつの頃からか、癌に対するイメージはこのようなものとして私の頭の中に定着していた。もちろん、いまなら実際の癌のさまざまな形態の画像などいくらでもみることができるはずだが、修正されることはないままに、記憶の貯蔵庫に放置されていたのである。

それで、実物を初めてみた時、拍子抜けするような穏やかで柔らかい球体に、思いもかけない感動を覚えたのであった。

いつの頃からか？　いや、そのイメージが定着した時をはっきりと覚えている。まだ制服を着て通学をしていた私が、電車の中で大江健三郎の「みずから我が涙をぬぐいたまう日」での一節を読んだ時からである。臓器にへばりつく紫色に染み込まれた菊の花、というのは強烈な映像として私の脳に収められた。

しかし、いまあらためて読み返してみると、少し違う。

そもそもが、自分を肝臓癌で死につつあると思い込もうとしている三五歳の小説家の「かれ」の、それこそ想像によるものに過ぎなかった。

自分の意志による否定の積みあげによってでなく、ただ躰をじっと横たえてさえおけば、眠っていてすらも、自由への契機であるかれの内部の癌は、むくむくとおおきくなりつづける。しばしば発熱するかれの頭は、現実のそれのみならず、想像力による視界すらも霧のかかった漠然たる暗がりのようなものにしたが、そのなかでかれの癌は、紫色の微光に照し出されつつ盛りあがって群生している、黄色のヒアシンスか、菊の花のように見えた。そのような時かれは頭の芯が疲れてくるまで、とくに力をこめた呼吸をつづけては、その鼻孔に中心的な感覚の力を集中して、癌のヒアシンス、または菊の匂いをかいでみようとした。

まだらに靡爛（びらん）したように暗紫に染まった醜い菊の花、ではなく、紫色の微光に照らされた黄色のヒアシンスか、菊の花のように見えた、だった。紫色の微光というのはなんだろう、ともかくも、私に定着したイメージよりももっと、こういってよければ高貴できれいな感じだ。そうでなければいけなかったのだ。その一方、ヒアシンスをすっかり置き忘れてしまっているのはそれはそれで妥当というもので、ここでヒアシンスを入れたのは、菊の花のみとすればあまりにもあからさますぎるからという理由なのだろう。たしかに、小さな花が群れて一つの花、というよりも見ようによっては性器のようにも見えるヒアシンスもまた、癌のイメージにそぐうものかもしれない。けれども、「かれ」の躰の奥に巣食って、「かれ」でありながら「かれ」を侵食していくと「かれ」が思い込んでいるものは、やはり、紫色の光に包まれた高貴な菊の花であるべきなのだ。だから、私が、ヒアシンスのことを記憶に留めていなかったのも、あながち間違いというわけでもないように思う。

一九七一年『群像』に発表された「みずから我が涙をぬぐいたまう日」は、いうまでもなく、大江健三郎のテーマの一つである、天皇制／父が前面に出た、実験的な小説である。

「みずから（…）」と「月の男（ムーン・マン）」の二つが収められた『みずから我が涙をぬぐいたまう日』の初めに置かれたエッセイ「＊二つの中編をむすぶ作家のノート」には、「純粋天皇の胎水しぶく暗黒星雲を下降する…」という「セヴンティーン」第二部「政治少年死す」の一行にある純粋天皇の意味を、作家（僕）はずいぶん長いあいだ意識の片隅に立ち合わせつづけてきたとある。無論のこと、「私兵の軍服をまとった割腹首なし死体が、純粋天皇の胎水しぶく暗黒星雲を下降する……という光景をはっきり目にしたように思う瞬間もまたあったのだ」というのは、前年一九七〇年一一月二五日の三島由紀夫の事件を指している。大江自身、講談社文芸文庫版（一九九一年）に附した「著者から読者へ　少年の魂に刻印された……」で、この中編小説は「自分にとって天皇制がどのようなものであったか、現にどうであるかを正直に書いて、三島事件における三島の天皇観・国家観は、本当にかれのそう信じるものであったのかを問いたい」という動機で書いたのだ、とある。

「三島由紀夫の自決に向かって傾斜する十年ほどの晩年の、日本的なものへの――絶対権力を政治に持ち、文化的に支配構造を支えてもいた天皇を主軸とする――思い入れの強さは、三島がヨーロッパ、アメリカ側の視線をあらかじめ見てとっての、それにこたえるパフォーマンスではなかっただろうか?」。欧米社会が幻想するオリエンタリズム（E・サイード）としてのジャポニズム＝天皇制のイメージを一身に引き受けて、パフォーマンスとして劇的に仕上げたのが、三島のハラキリだというのである。三島自決後二〇年を経た一九九〇年に行われたサンフランシスコでの文学会議で、問われてこういうふうに答えた大江は、感情的な反撥も含めて批判を浴びる。

それで、三島自決の翌年に『みずから我が涙をぬぐいたまう日』において、すでに三島批判は書き込まれているのだと、作家は読者に向けて語るのである。

小説の構造は、少々、いや、時間や視点、客観と主観、事実と観念といったファクターを入れ込むとかなり複雑だ。

小説全体が、ふたつの異なった文章空間で成り立っており、そのふたつの文章空間は交互に置かれる。というよりも、最初に置かれている第一の文章空間での記述を邪魔し、覆すように、《 》で包まれた第二の文章空間が唐突に出現する。それが繰り返されるのである。

まず、かれと三人称で語られる文章空間がある。

三五歳の作家であるかれは、自分が肝臓癌であると信じており、瀕死の状態で病床にあるので、自分の手で書くことはできない。そのために、ハピイ・デイズと呼ぶところの、**あの人**と称する父との終戦前後の出来事を個人的回想としてばかりではなく、それを超えたひとつの同時代史として口述筆記者に書かせている。口述筆記者に書かせているというそのことも含めて、かれが語ることをそのままに口述筆記者が書いている（らしい）文章でできた部分である。これをここで仮に、〈語られる世界〉と呼ぼう。そして、三五歳の作家である男が実在しているとして、その男をXと呼ぶことにする。

すると、この〈語られる世界〉は、Xが自らをかれと呼んで、外部からみているかのようにかれの感情や仕草や言動を交えながらXの現在を書くと同時に、Xの回想する過去のことも語るまま書き留められており、さらには、語るXに対して口述筆記者が述べることも書かれているわけであるから、すなわち、Xと口述筆記者とで話されたことをさらにXが語り、それが書かれるわけであるから、〈語られる世界〉での現在、Xが語る現在、口述筆記者が語られたことを聞き取る現在……といくつもの現在があることになる。

そして、Xがかれと語られてそれが書かれているために、書かれていることは一見客観的に見えるのであるが、あくまでもXの視点によって捉えられたものであり、Xの解釈という制約に縛られた現実である。このことは、Xが肝臓癌に侵され死に瀕した肉体に閉じ込められていると思い込んでいること、父の遺品である、ガラスの部分に濃い緑色のセロファン紙が貼り付けられた水中眼鏡をほとんどつねに使用していて視界に著しい制限があること、などの叙述によっても、暗に示されている。実際の現実（というものがあるとして）とはずれた次元に、Xが閉じ込められている、ないしは閉じこもっており、実際の現実（というものがあるとして）を拒絶して、〈語られる世界〉全体を統括する主体であることを確保しようとしているようである。とはいえ、実際の現実（というものがあるとして）が〈語られる世界〉に侵入してくるのはXも十分に承知しており、だから、たとえば、次のように語って（口述筆記者に記述させて）、X＝かれの〈語られる世界〉の客観性を保証しようとする。

しかしかれは、かれ自身の信じるところによれば肝臓癌によって、客観的に認められている限りでも重症の肝硬変によって、侵略されている瀕死の病人なのであるから、自分の手によって筆記するわけにゆかない。はじめかれがそう主張して口述筆記者をもとめると、かれのベッドのまわりの声は、それはかれがそのように信じているのみだ、現にかれは癌病棟にではなく、神経科の病棟にいるのであって、自分の鉛筆すら手にもてぬ重病人ではないという「正常な意識」さえ回復すれば、かれには幾時間つづけてでも、こけおどしの外国旅行みやげの、巨人ペリカン万年筆のように重い器具によってすら書きつづけうるだろう、といった。

次に、《　》で囲まれた文章空間がある。

ここでは、Xは鉤括弧を付した「かれ」、〈語られる世界〉を書いている口述筆記者は同じく鉤括弧を付した「遺言代執行人」と表現されている。この文章空間を、ここで〈語る世界〉と名づけてみる。

この〈語る世界〉では、〈語られる世界〉の外側の世界が描かれる。すなわち、病室にいるX（＝「かれ」）と、その傍にいるXの妻（＝「遺言代執行人」）の発する言葉や、場面の描写がなされる。Xと妻の会話が、引用符なしに置かれて、……と「かれ」はいう、……と「遺言代執行人」はいう、というように発話者が大体において示されており、おおむね二人の会話が記されている。

これは、ひとつの視点、ひとつの主観にとらわれない客観的記述のようである。だが、引用符なしの会話が、つまり主語がおれであったり、相手のことをあなたやきみという二人称が用いられている会話調の文章が地の文と無防備に並列されている上、出来事に対する評価を下したり、疑問を呈したりする文章が混じるので、ほんとうのところ、〈語る世界〉の文章を成り立たしめている発語主体が匿名の、いわば小説を小説たらしめている作者のものなのか、それとも、これもまた、誰かの、もしかしたらまたXの意識の流れであるのかとすら思えてくるような、文体ではある。**あの人**とのこと、すなわち病室における現在よりもずっと昔の戦争末期から敗戦直後のことを「かれ」がいうこととして書かれている部分は、分量的にも長く、〈語られる世界〉のために、口述筆記者（すなわち妻）に語っていることを会話口調でそのまま記されているので、いつのまにか、Xの内的独白のようにも思えてしまうことがある。とはいえ、小説後半、〈語られる世界〉でかれが同時代史としてもっとも語りたかったこと、終戦直後の**あの人**の関わった蹶起について記述される部分の次に、突如として、郷里から出てきた母の言葉になり、直前の〈語られる世界〉を暴き立て、ひっくり返すということをみると、やはり、〈語られる世界〉の外側にある現実、少なくとも複数で保証される客観的な現実の叙述ともいえる。

たとえば、先ほど引用した〈語られる世界〉の叙述のあとには、次のようなものが置かれている。

《あなたはどうして、自分が癌のために回復不可能であり、いまにも死にいたる昏睡状態が始まるのだと、実際の病状とまったく矛盾することを信じているような口述をするの？　いちいちそれを文字に置きかえていると、書かれたものが事実として逆に紙の上に起きだして、書きしるしている指を押しあげるような気がするわ、と「遺言代執行人」はいったものだった。もしきみが、医師によって、いまのところあいつが癌であることについては絶対に嘘をつきとおせ、と命令されているにしても、その嘘は、きみの口から跳び出すごとにひとつの実体となって、きみの頭のまわりを浮游し、やがてきみは、嘘の実体の蚊柱のなかに立ちすくんでいるようなことになるぜ、と「かれ」は撃退した。》

ふたつの文章空間、ここで仮に名づけるところの〈語られる世界〉と〈語る世界〉が交互に並べられていることで、ある出来事があるという事実というのは物理的にはひとつであるかもしれないが、それが記述されるときは記述主体というものがあるし、言語との対応のずれということがあるので、客観というものはなく、真実というのは主観的な解釈に過ぎないので主体ごとにある、というひどく単純であるが、面倒臭い問題が思い出されるだろう。乱暴になぞらえてみれば、〈語られる世界〉は著者が明確な歴史書、〈語る世界〉は学校の歴史の教科書のようなものの立ち位置といえるだろうか。そして、〈語る世界〉に出現する母の言葉は、オーラルヒストリーとでも？　いや、それではあまりにも図式的すぎる。

しかし、いっそ図式的としてしまえば、「みずから我が涙をぬぐいたまう日」には、さまざまな相反するふたつのものが入れ込んであると整理してみることができるのではないだろうか。そして、ふたつのものは、また別のふたつのものと連関しており、複雑に絡み合い、互いに相剋しながら、進行していく。

死と生。
父と息子。母と息子。父と母。男性なるものと女性なるもの。
事実と物語。客観と主観。実在と観念。
現実と夢。正気と狂気。
神としての天皇と、人間天皇……エトセトラ、エトセトラ。

Xは肝臓癌に侵され、死に瀕していると信じている。癌は、何もできない肉体にかれを監禁して自由を奪い、かれの人生を出口のない壁の中に閉じ込めてしまった。死は、恐怖であると同時に、脱出でもある。だから、だろうか。かれは、死んだ自分の肉体が十分に腐敗してしまわないうちに火葬されたり、防腐処理の後で解剖されることに、嫌悪と憤怒をいだき、鳥葬や水葬に好意をいだくと〈語られる世界〉では書かれている。自分の死体を腐らせたいという願望が、鳥に死体を食べさせる鳥葬や、ヒンズー教徒の聖地ベナレスでの水葬に向かうのならば、その願望は、完全な死＝無よりもむしろ再生への密かな期待につながるのではないだろうか。もしそうだとすると、Xがみずからを癌だと思い込んでいるのは、現在を決済し、別のなにか、別の外側への脱出である再生を信じているからかもしれない。

Xの癌は、同じ癌を患っていたものとしてXの父と接続される。しかしながら、Xの癌は肝臓癌であって父の膀胱癌とはずれており、さらに父は膀胱癌で死んだのではない。Xにとって重要なのは、癌という爆発的なエネルギーで死に駆動していく肉体を継承しているということだろう。〈語る世界〉で、Xは「遺言代執行人」（＝妻）に、自分は生まれ育った土地の習慣のようなものが残ってしまい、語呂合わせじみたものに頭が飛んで、学生の頃も「たとえば、moriという単語に出くわすだけで、おれは大学のラテン語のクラスからすぐさま「森」へと飛びかえったからね」という。もちろん、moriは「死ぬこと」であり、「森」は故郷であり、神話的場所だ。古（いにしえ）より死と誕生を繰り返しながら紡がれ広がり、継承されてきた場所が森である。森で囲いこまれた谷間、つまり森によって塞がれ閉じ込められた谷間に、生まれ育った村がある。外界――公と、ウチ

―私は、森＝死によって切断される。

X―父―（…）―と縦の線で繋がれる系譜があり、それから、谷間の村―森―外界と横に広がる領域があって、それぞれ、死≠再生で切断される。

Xの係累で縦の線に繋がれるのはもうひとり、当然ながら母がいる。この母は、父とは横の線で繋がれるわけだが、森の内側、谷間の村にずっと連なっていたわけではない。母は大逆事件に連座して死刑になった和歌山の僧侶の娘であり、大陸にいた縁故者によって育てられ、そこで既婚者でありすでに息子のいた父によってみそめられたのだった。父は離婚して、新しく母を迎えて谷間に連れ帰り、Xが生まれたのである。

母は、〈語る世界〉で発語し、〈語られる世界〉でのハピイ・デイズの出来事を罵るように打ち消し、覆す。Xにとっての過去の世界、Xという制約の中にある出来事の記憶を外部から反転させるのである。この外部というのはもちろん、本来森の外の人間であり、天皇制に包摂されながら天皇制に叛逆する血を受け継ぐものであり、観念ではなく現実の世界を生きるものという意味である。だからなのだろうか、Xは、自分の中に流れている母の血を瀉血するのだ。

同様に、Xの横の線に繋がる妻、すなわち「遺言代執行人」も、〈語る世界〉でのXとの対話において、〈語られる世界〉の現実を打ち消し、覆す。こちらは、Xが把握していると認識する現時点での現在を、外部すなわち客観性に保証された（ように思われる）現時点での現在から反転させている。妻は、母とは異なって、「遺言代執行人」、妻、看護師、あるいはただ「かれ」の語るところのことを記録するためにのみ、政府及び国連から派遣されてきている、公的な「同時代史」の記録者、口述筆記者などと記号的に呼ばれるものの、その個人的属性等は一切明らかにされない。したがって、作者である大江が妻であると言明している以上、妻であることは確かではあるが、病室にいるXの物理的な身近にいる人間なら誰でも構わない存在である。つまり、匿名の他者でも構わない。なぜそうなのか、というと、〈語る世界〉で説明されるところによれば、「かれ」は現在の時間をしか「かれ」と共有していないところの他人どもを、「かれ」と共にこの世界を生きる人間として認識することなど一切止めてしまったので、それが誰なのかをつまびらかにしようとせず、気にとめてすらもいないからである。

さて、Xが同時代史として残さねばならないと強く考えているのは、敗戦直後、父が関わった蹶起についてである。概要はこうだ。

かつて故郷で県内最年少の村長を務めていた**あの人**は、大戦中に満洲で黒幕として活躍していた。敗戦濃厚となる一九四三年に故郷に帰り、倉屋敷に閉じこもって隠棲、太りに太って自分では動けないような体になり、膀胱癌で血尿を垂れ流す。また村の人からは、スパイや敗戦主義者などと白い目で見られるようになる。終戦間際の一九四五年八月（母によると、終戦の一五日）、兵営を離脱した将校と兵士たちが、**あの人**を迎えに来る。**あの人**を指導者にして蹶起しようというのだ。翌日、即成の木車〈語る世界〉で母親が嘲弄するところによると、滑稽な、挽き割りの丸太の上にのせた箱）に**あの人**を積み、さらにそれを軍用トラックに乗せて、かれらは谷間を出て峠を抜け、地方都市を目指す。兵士たちは、戦闘機を一〇機ほど盗み出して米軍機に偽装し、全員搭乗して大内山（皇居）に突っ込み、殉死をするのだ、と大声で言い立てる。一〇歳だったXも、一緒に死のうとしているのだと心を確かめて、ゴボー剣を携えて同行する。地方都市の銀行で金を引き出した**あの人**の軍隊一行に、もうひとつの軍隊が銃撃を仕掛け、なぜか低空飛行していた戦闘機までがそれに加わって、**あの人**は射殺され、**あの人**の軍隊は壊滅する。

しかし、〈語る世界〉でXの母親によって、Xの記憶とは異なる蹶起の様相が明らかにされる。軍人たちが**あの人**を担ぎ出しに来た夜、将校たちに唆された**あの人**は、大逆事件で死刑になった母親の実父を引き合いに出して、「オマエノ父ガシヨウトシテ、デキナカッタコトヲ、ワレワレガ果タシテヤル。」、軍の飛行場から戦闘機を盗んで米軍機に偽装し、大内山を攻撃する、日本国民を再び立ち上がらせて、真の国体を護持するには、いまやそれしかない、として、その軍資金のために、母親が養父からもらっていた株を強請（ゆす）りとる。銀行での撃ち合いで、**あの人**も兵隊たちも殺されたが、将校はひとりも死なないのに姿を消してしまったので、株も金も見つからないことを思えば持ち逃げしたのだろう。母親は、はじめからそのつもりだったのじゃないかと思っているし、**あの人**もうすうすはそれを勘づいていたのだろうという。そればかりか、にせ蹶起が失敗するとあの人にはわかっていて、むしろ失敗を希望していて、失敗した後あれは本気ではなかったろうと噂されるのを惧れたから、大逆事件で死刑になった僧侶の孫である息子を連れていったのだ、そういう愚かしい卑陋な準備をしたのだと断ずる。

ところで、天皇及び天皇制もまた、ふたつの相を持っている。

顕教／密教論（久野収）における顕教としての天皇像にも、二面性があるだろう。

まず、顕教としての天皇は、アマテラス系（天津神系）の子孫としてはカミの領域に、現に存在しているものとしてはヒトの領域にあり、カミとヒトとの境界線上、結節点としてある。カミ―ヒトの縦方向の二重性と共に、機能面での二面性がある。

ひとつは、朕のために死ね、と迫り命じる白馬に乗った天皇像である。（用語そのものに含まれるジェンダーバイアスを敢えて棚上げした上で使用するが）いわば、父性原理的な天皇といえる。また、女性を従属的なものとして排除し、男が男のために死んでいくという男性同盟的な結束を持つ帝国の頂点に君臨するものである。

もうひとつは、カミとヒトの結節点にいる位置からみれば、すべて一視同仁であるとしてことごとく包摂し、祈る天皇像、右の対比であれば、母性原理的な天皇である。祈りは原初的には、天照大神を中心とした神々に五穀豊穣を祈る祭りとしてのものと、天津神系によって征服された国津神系のカミガミを鎮魂するための祀りとしてのものに二分される。まつろわぬものとして蹂躙されたものたちの、呻き声をたしかに風は聴きとめているし、たしかに大地は流された血を吸っている。いまは平らげられた世だとしても、いつ、国津神系のカミガミの呪詛の想念が禍津神となって、たとえば疫病として、あるいは天変地異として噴き出すやもしれぬ。荒ぶる魂を鎮め、封じ込め、祀るのが、古の天皇の祈りでもあったはずだ。

ところが、近代国民国家を創設するにあたり、帰属意識も身分も何もバラバラであり、内乱状態でもあったひとびとを「同じ日本人」として統合するための箍(たが)として天皇制は徹底的に利用されていくことになる。その過程で、祈りは男性原理的な天皇の命令「我がために死ね」と接合されて、死んでいくものたちを祀りあげてカミの世界に再び包摂し、死後の魂までも天皇の兵士として使い尽くすものに変容する。すなわち、抗うもの、まつろわぬもの、殺されたものへの祀り──鎮魂は逆転し、天皇制家族国家の内部に組み込まれたものたちの宗教となる。

このように、ここでもまた、顕教としての天皇制を、縦方向ではカミ／ヒト、横方向（機能面）では男性原理的な天皇／女性原理的な天皇、と仮に二項として置いておこう。そうして、戦後直後の**あの人**の関わった出来事について考えてみる。

日付。

〈語られる世界〉では、八月。戦争末期に起こったとされる。しかし、〈語る世界〉の妻の冷静な反論と、母親の綿密な記憶による否定で、軍人たちが**あの人**たちを担ぎ出しにきたのは一五日で谷間の村を出て行ったのは翌一六日の朝、すなわちすでに玉音放送によって敗戦が通知されてからだ、と訂正される。それで、やむなくXは認める。つまり、〈語られる世界〉での同時代史として記録されるべきXの記憶は、〈語る世界〉からの介入によって、修正される。ではあるが、Xは事件の本質は変わらず、戦争終結を認めない青年将校たち、かれらに心服する兵士たちが降伏を不満として、民間人と結託して蹶起をおこなったとする方がむしろ自然ですらあるとする。ここで、二・二六事件の皇道派将校、いや、すでに戦後となっているにもかかわらず、顕教としての天皇制を求めて偽の軍服に身を固めて蹶起のまねごとをした楯の会を、この小説の読み手が想起するのは容易だろう。

地方都市を目指して谷間を出る一行は、軍歌ではなく、覚えたての外国語の歌のフレーズを歌う。前日一晩中、倉の中で酒を飲み、**あの人**が戦前から集めていたバッハのレコードを何度も繰り返し聞いて、酔い歌ったものだ。どういう意味かと呼びかけるXに、**あの人**は、Trӓnen というのは涙で、Tod は死ぬことであり、「天皇陛下ガ、オンミズカラノ手デ、ワタシノ涙ヲヌグッテクダサル、死ヨ、早ク来イ、眠リノ兄弟ノ死ヨ、早ク来イ、天皇陛下ガミズカラノソノ指デ、涙ヲヌグッテクダサルノヲ待チ望ンデイル、ト歌ッテイルノダヨ」と説明してくれる。

前日やってきた軍人たちは、Xにたいして粗暴かつ邪険であったたし、倉で酒を飲み歌う姿は心に抱いてきた軍人像とはことなっていたが、いま、天皇陛下がみずからのその指で涙をぬぐってくださるのを待ち望みながら蹶起に向かう軍人たちに付き従って、Xは二、三年来の内心の恥が超克されるのを感じる。恥の種子、それは「オマエハ天皇陛下ノタメニ喜ンデ死ヌカ、ハイ喜ンデ死ニマス、という国民学校の教室での日々の一問一答における、誰にもうちあけられぬひそかなためらいと、深夜に実際の戦死を思ってみる恐怖」である。

死ね、と迫ってくる父性原理的な天皇への実存的な人間としての恐怖は、**あの人**＝実際の父が指揮し、できる限り早く死ぬことを願い、母性原理的な天皇に慰撫され介抱されることを待ち望むものたちによる蹶起に参加することによって乗り越えられる。父のでまかせの解釈を通路として、Xのなかで父性原理的な天皇と母性原理的な天皇が一致して、浮かされたような高揚感と共に「死」に向かう。

ここでまた〈語る世界〉からの母親による介入がある。

「(…) Heilandというのは天皇ではありますまいが！　涙をぬぐってもらおうにもなんにも、あの軍人らは涙をぬぐってくださる当の人を爆撃するという意気ごみだったのですが！」。真の国体を護持するための大内山爆撃などという、そのような愚かしい、夢のような強がりをいって、結局は軍資金と称して母親の株を巻き上げたのだ。木箱に丸太を挽いた車を打ちつけた、滑稽なものに乗せられた**あの人**が病気が痛むものだから、絶えまなくグラグラ揺れているのを見送りながら、「わたしはかくべつ反対しませんでしたよ。今に見ておれ、今すぐに見ておれと、腹のなかで、ああ酷たらしいことをされる、お調子者が酷たらしいことをされるとだけ思うておりましたが！　そういう内情はなにひとつ知らない子供が、**あの人**の膀胱からの出血をふく古繃褓（むつき）をにぎってゴボー剣をガチガチ鳴らして、なにを考えているものか、蒼ざめるほど勇んで出て行きましたが！」。そして、**あの人**らの一行と別のトラックに乗って襲撃してきた者らとの銀行の入り口の前での撃ち合いは、敗戦のどさくさで、どのみち銀行強盗をもくろんでいた者たちの争いだろうとする。

あの人＝父を通して男性原理と女性原理が統合された顕教としての天皇制をベースとしたXの記憶＝物語が、ある意味密教としての天皇制のもとで生活してきた母親によって、現実的・俗世的な出来事に訂正され、嘲弄される。

介入を受けるものの、Xは容易に肯（が）えんずることはない。むしろ、母親の暴露に抵抗するように、より強固に物語をつくりなおそうとする。

〈語られる世界〉でそれはまさに市街戦だった、市街戦の全体を体験し、それの持つ意味をひとり十全に知っているのが自分だ、とし、そして、先の介入によって修正された八月一六日の蹶起をあらためて検討し、「かれが永年もちつづけてきた、その意識＝無意識のなかのハピイ・デイズ最高潮のお祭りの、核心の構造」がより明瞭になったとするのである。

一九四五年八月十五日、天皇は人間の声でかたるところのものたるべく、地上へ急降下した。その天皇が八月十六日、あらためて急旋回、急上昇をおこなおうとしていたのだ。いったんは爆死せざるをえないにしても、国体そのものとして、真によみがえり、かつてよりなお確実に、なお神的に、普遍の菊として日本のすべての国土、すべての国民を覆う。巨大な紫色の背光に、オーロラのような輝やきをあたえられた黄金の菊として現前する。わが国の歴史に立つ数多い神々が、いったん人間の声でかたる者へと下降した天皇に、国体の威厳を再逆転させるため、飛行する殉死者の爆弾によるみそぎこそをもとめるということがありえなかったろうか?

神であったものが人間の位置にまで降りてきて、人間の肉声で語る。そして、いったんは死ぬものの、よみがえり、真に聖なるものとして遍在する。

補強された蹶起の意味づけで示される天皇の物語は、キリスト教におけるイエス・キリストの受難と復活の物語の構造的な模倣を思わせる。神の独り子イエス・キリストは受肉して人間イエスとなり、人間としてのあらゆる苦しみを受け、十字架にかけられ、死んで葬られ、陰府に下り、死人のうちよりよみがえり、天にのぼり、全能の父なる神の右に座す。人間イエスの死と復活こそが、イエスが神の子であり、それを信じるものに永遠の命を保証する証左となるのである。もちろん、宗教としてのキリスト教は、この受難と復活の物語に無原罪のイエスの磔刑はすべての人間の贖罪を背負うものだという根幹となる教義が付与されるわけだが、Xによる天皇の物語にはそれは捨てさられる。カミ→ヒト→死と再生→真に顕されたカミという構造だけが借用されるのである。

Xによる蹶起の事後的な意味づけは、何段階かを踏んで〈語られる世界〉で語りなおされる。「遺言代執行人」＝妻と母親の介入による、日付の変更。頭のなかに残っている兵士たちの歌声が、**あの人**＝父の説明とはまったく裏腹の意味をもっているのかもしれないとわかるのを無意識のうちに惧れて、大学でドイツ語をならわなかったとXは〈語る世界〉で話す。「遺言代執行人」＝妻は、この曲がバッハの独唱カンタータであることをつきとめて、レコードを借り出し、病床のXに聞かせる。そして、Heilandというのは天皇ではない、という父の解釈の否定から始まる母親の介入。Heilandとは、救済者、救世主、キリストのことである。とすれば、**あの人**＝父とXの物語は、母親による否定を拒絶しながらも、母親の否定に示唆され方向づけられて、ずれながら変容していくことになる。それは、病室でのXと郷里から出てきた母親とのやり取りだけではない。そもそも、少年Xが蹶起に立ち会い、その目で見、その耳で聞いたとすることも、一部は、子供の頃に受けた母親による示唆や、母親と**あの人**＝父との会話からの断片的な記憶を材料にしてつくりあげられたものである可能性が高い。

あの人＝父の死の瞬間に、晴れ渡った真夏の青空のはるか上空に、巨大な紫色の背光にかこまれて輝く黄金の菊の花をかれは見た。みな殺しにされた中で、かれのみひとり生き延びたのは、誰かひとり、それも選ばれた者が、黄金の菊を見届けるべきであったからだ。**あの人**は、選ばれた息子に向かって、「(…) スベテハナシトゲラレタ、オマエハ見ルベキホドノコトヲ見タ、生キ延ビテ、記憶シツヅケヨ、ソレガオマエノ役割ダ、ソレヨリホカニハナニヒトツオコナウナ、スデニスベテハナシトゲラレタ!」と語りおわった時、急降下してきた戦闘機の機関銃に撃ち殺される。この「スベテハナシトゲラレタ」というのは、十字架上のイエスが息を引き取る直前にいう「成し遂げられた」が想起されるだろう。

これもまた、〈語る世界〉で母親は、見ルベキホドノコトハ見ツ、というのは母親の実父(大逆事件に連座して刑死した僧侶)が刑務所で読んだ『平家物語』から遺族になる者らへ書いて送ってきた言葉だ、「**あの人**が憐れなチビにむけて、文語体で話すわけはありますまいが!」と否定する。そのことから、父の命令そのものが、母親から刷り込まれたものであろうことが類推できる。つまり、**あの人**＝父と過ごしたハピイ・デイズの記憶そのものがもとより母親との合作であり、介入を受けて絶えず変容していくものである可能性も示されているのだ。

この母親の介入があるとき、Xの水中眼鏡は髪の生え際まで引きずり上げられ、眩しさに涙が滲み出る。Xが水中眼鏡をもとに戻すまえに、「ふたつのザラザラした肉の薄い親指の腹が、「かれ」の両がわの眼じりの涙を手慣れたやりかたでいっしょにぬぐいとってしまう」。天皇がみずからの手で涙をぬぐってくれるという物語は、ここで、母親の手慣れた指にすり替わっている。とすれば、その物語も、父がつくったのものというよりも、子供の頃からの手慣れた母親の指を起源とするものになるのだろうか。

da wischt mir die Tränen mein Heiland selbst ab.

小説にはバッハの独唱カンタータとあるだけで曲番は示されていないが、おそらく第五六番「我は欣びて十字架を担わん」だろう。これは、神より与えられた背負うべき苦難の十字架を背負う決意をし、人生を小舟で逆巻く荒波を渡る航路に譬え、神のうちなる安息の港に着くことを歌い上げたものである。第一曲と第四曲に出てくるこのフレーズは、約束の地なる神のみもと、安息の港に至ったとき、「Da leg ich den Kummer auf einmal ins Grab, / Da wischt mir die Tränen mein Heiland selbst ab. そこにて我、我が苦しみを葬り去り、そこにて我が救い主、自ら我が涙をぬぐいたまう」と歌い上げられるものである。「ヨハネの黙示録」第七章にある、大きな苦難の道を通ってきたものたちは、もはや飢えることも渇くこともない、玉座の中央におられる子羊が彼らの牧者となり、命の水の泉へと導き神が彼らの目から涙をことごとくぬぐうからである、というのを踏まえたものと思われる。終盤、病室のXは、セロファン紙を貼った水中眼鏡をかけ、ヘッドホーンでエンドレステープに繰り返し録音したバッハの独唱カンタータを眼ざめているあいだはつねに聴いている。ハピイ・デイズの歌をXは口ずさむのだが、ヘッドホーンから働きかけつづけるカンタータにメロディとリズム、歌詞すらも作用される。

こうして、この小説全体で、いく組もあるふたつの対立する項は、相互に打ち消しあっているように見えながら、お互いがお互いを呑み込み、食い合いながら、融合していき、別のなにかに生成変化していく。

冒頭に現れる深夜の髭男と終盤に現れる気狂い女の一致。母と父の一致。ハピイ・デイズとバッハのカンタータの一致……。

これらは、癌を媒介項にして、母方由来の叛逆者の血と、父方由来の国粋主義者の血が流れるXの肉体の中でもはや境界も不分明なまま蠢き、肉体を腐敗させて死に向かいながら、同時に生の営みを爆発的に駆動させる。

——いったい、おまえはなんだ、なんだ、**なんだ！** との問いに、

——おれは、**癌だ**、**癌だ**、肝臓癌そのものが**おれなんだ！** と髭男に向かって怒鳴り返す。

——おれは、**癌だ**、**癌だ**、肝臓癌の魂が**おれなんだ！** と気狂い女に向かって怒鳴る。

破砕された天皇の肉片が舞い上がり、蒼天のもとで黄金の菊の花として咲き誇り（不意に、これを書いているわたしの耳の奥に血腥く凄惨な歌詞が明るく美しいメロディで歌われる「空の神兵」が流れてしまった……）、血飛沫（ちしぶき）あげながら砕け散って、Xの内臓に根差し、増殖し、播種し、体内

のあちこちに菊の花を咲かせるのか。

その逆に、躰に巣食う菊の花が、黄金に輝く大輪の菊の神話を待ち望むのか。

いやしかし、どういうメタファーがあろうとなかろうと、Xが意志しようとすまいと、自己から派生したものでありながら自己ではない癌細胞は、癌細胞として自己とともに生きている。

癌とはなにか。

このことを考えるにあたり、この小説を離れ、ついでに天皇制の問題といった思想的なことを離れて、試しに「空の怪物アグイー」(一九六四年一月)と『個人的な体験』(一九六四年八月)にまで遡ってみる。

「空の怪物アグイー」では、頭部に畸型腫を持って生まれた赤子を医者に脳ヘルニアだと誤診され、殺してしまった音楽家Dが、現実世界からの離脱を図る。すくなくとも意識の上では、いま、現在のこの《時間》の圏内には生きていないとして、現実に足跡を残すことを拒否する。晴れた日の昼間、空から降りてくる「あれ」、いつもは空に浮游しているカンガルーほどの巨大な赤ん坊の幻影、アグイーと名付けたものとの世界にいる。われわれが地上の生活で喪ったさまざまなものがアイヴォリイ・ホワイトの輝きを持った半透明の存在として空に浮游しているらしい、もうひとつの世界をDは見ている。そして、不意にトラックに飛び込んで、死ぬ。「ぼく」視点で書かれる音楽家Dは、現実の世界には生きていないと自らを認識している点でXと類似している。

しかし、Dにとってアグイーは実在のものであり、アグイーの実在する世界に自分が存在しているとDは明確に意識しているのに対し、Xは父の形見である、視界を制限する水中眼鏡やヘッドホーン、あるいは癌などの装置を用いて現実の世界を拒否することによって自分を現実の世界には生きていないと言い立てる点で、異なっている。

『個人的な体験』の鳥(バード)は、子どもを持つことそのものを憂鬱に感じている。生まれてきた赤ん坊は脳に障害を持っており、医者は「現物」と表現し、視力も聴覚も嗅覚もなにひとつもっておらず、痛みを感じとる部分さえ欠落しているだろうから苦しみを知らない植物的な存在だという。障害を持つ子どもを引き受けることで自分の人生がどのような影響を受けるのか想像しきれず、迷い、絶望し、医者が言うように長くは生きないだろうことを願い、搬送された大学病院で手術と生存の可能性を示されて躊躇し、栄養制限してそのまま死なせることに心は傾く。決断しかねるまま逃避し続けるが、やにわに「赤ん坊の怪物から逃げだすかわりに、正面から立ちむかう欺瞞なしの方法は、自分の手で直接に縊(くび)り殺すか、あるいはかれをひきうけて育ててゆくかの、ふたつしかない(…)」と赤ん坊を育てて、現実生活を生きることを決意する。

ふたつの小説は、いうまでもなく前年六月の大江健三郎の長男光(ひかり)の誕生を受けている。障害を持って生まれてきた赤ん坊に対する引き受け方は対極にあるが、Dも鳥(バード)も、自己と他者とを区別する固く強い皮膚を持っている。それがどれだけ情けないものであろうと、確固たる個としての自己をもち、自己から他者を見ている。あるいは、外界を拒絶し、自己の時間に生きようとしている。いわば、主体として立っている。主体としての自己と社会（あるいは現実）として描かれているようだ。

ところが、どうだろう。光の誕生から八年を経て書かれた「みずから我が涙をぬぐいたまう日」では、もはや、くっきりと他者から切り離されて、それそのものとして立っている主体的存在というものはない。セロハン紙を貼った水中眼鏡をかけて視界を遮断し、現実の時間を拒絶していても、すでにその水中眼鏡は父の模倣／継承であった。自分が経験したと思っていることも、絶えず誰かの介入を受けて、記憶は変形され、更新されていく。自分の思考と思っているものも、誰かの思考と入り混じっている。他者たちとの衝突によって、それぞれが変形し、それぞれが互いの欠片を受け取り、その都度の時間に場所を占めているようだ。わたしというのは、単数でありながら、同時に、複数でもある。

このような視点は、もしかしたら、大江健三郎と成長していく光との濃密な日々の生活のなかで、深められていったものかもしれない。みずからの肉体のかけらから生まれ出た息子でありながら、意のままにならず、理不尽に動く絶対的他者として立ち現れ、父である自分は愛し庇護しているつもりが、自分もまた光の存在に支えられて立っていることを知る。おそらく、存在している、そのことだけで、互いが互いを救っていることを実感した時がいくつもあったろう。

「みずから我が涙をぬぐいたまう日」は、極めて政治的な実験小説である。もし、大江自身が書いているように三島事件がモチーフであるとして素直にこの小説を読むとすると、どうしても蹶起は三島事件に重ねられるだろう。描かれる蹶起の場面は、大島渚や松本俊夫が映像化したらとふと想像してしまうくらい戯画的だ。眦（まなじり）決して狂信的にすら生真面目なようでありながら、自分が茶番に担ぎ出されていることを知っており、知っていつつ与えられた役割を演じ、言い訳の大義名分に殉じてしまう、無惨な喜劇。ガチガチとゴボー剣を鳴らしながら付き従う少年。人間化した天皇が爆死し天空に大輪の菊の花として飛び散り神になるというのは、まさにこの時点で「英霊の聲」（三島由紀夫）が絞り出し、求めた天皇像を模倣する。しかし、それはただ観念の所産であるにすぎぬ。人は観念のために、殺し、殺されるのか。三島に対する、あるいは大江の父に対する、ひいてはぬぐっても消えぬ自身の躰に染みついた天皇制の痣（あざ）に対する憫笑は、やがて哄笑に変わっていく。

この小説における絡み合ったいくつもの相反する二項が癌によって統合されていくと捉えるならば、つまり、正反合として止揚されたものとして癌を捉えるならば、大江はこの時点で、政治的には退嬰していったと言えるかもしれない。初期の、政治的であれ性的であれ曲がりなりにも主体的な個人は後退しているのであるから。

だが、ふたたび問う。

癌とはなにか。

癌人間になることを言い張るXに耳を傾けるならば、こうも言えるだろう。

主体的自己と社会との対峙ないしは闘争／逃走が政治的であるだけではない。

さまざまな他者に入れ込まれたひ弱な人間が、同じく他者に入れ込まれているひ弱な人間と共に時間を共有しているという認識もまた政治的であるのだ。

（…）癌人間の世界の豊かさこそそもこの世界に実在するのであって（…）「かれ」の豊かさとは、すなわち癌の豊かさだ。

（…）

現在の、まだ充分に癌人間となりおおせていない「かれ」の感じる苦痛は、癌のがわからいえば、それと絶対値を同じくする快楽によって裏うちされているのだろう。「かれ」がいま肝臓の膨張による、周辺の臓器の被圧迫感に苦しんでいるのも、肝臓自体になりかわってみれば、勢いにみちて増殖し肥大してゆく癌の、生命感覚にみちた喜びがそこに充満しているはずであろう。

そう言い切れるのであるならば、癌であることもさして悪くはない。

すでにして他者と共にあるこの肉体のこのわたしの苦しみが、同時に他者の喜びであり、このわたしの喜びが、同時に他者の苦しみともなり、そうして、相互に依存しながら、互いにもがきながらも、生きていくこと。

それを配慮とよぶのかどうか、わたしは知らない。

ただ、「眼ざめよ」という呼びかけが聴こえるような気がする。

NOWHERE＝NOW HERE——物質の海へ

おお月よ、ぼくの血管を流れよ
ぼくがかろうじて身をささえるため
——ジュール・ラフォルグ

いま、わたしは、ここにいる。ここで、いま、生きている。

いま、ここにいて、ここに生きていることを、どのようにして言葉にすることができるのだろう。

わたしの目には私を取り巻くものがうつり、耳で捕捉する音、肌に触れるものの質感や肌理、鼻腔をくすぐる空気の匂い、口内に染み通っていくような味、それら感覚器官がとらえる情報は、身体が認識し、判断して処理する。だから、たとえばいま立ち上がること――体の筋肉を動かし、椅子との関係をとらえ、足の運びを円滑にすることができる。いまここにある〈現実〉に存在する事物と身体は、相互にそのものの情報を差し出し、やり取りし、そうして〈現実〉が構成されている。そこで、私というものに統合された身体は、ここに存在していることを確実なものとして、運動する。

　感覚器官によって捕捉された情報が取捨選択されて意識の中にのぼってくる知覚は、対象がなにものであるか、なにをするものであるかを意味付けして、身の回りの存在物とその関係を解釈する。そうして、〈現実〉に存在するここに生きていることを知覚を通して確かめるのだろうけれども、問われれば自分がここにいる、ということは言える。とはいえ、それは誰か自分以外のものの問いかけに対してであって、問いがなければ、いるかどうかということは言葉にされない。そもそも、生きている人間は通常、日常の生活において、自分が生きているかどうかなどということを問いとして立てない。

　わたしは、わたしとしていま、ここに生きていることを、確かめようとはしない。

　なにかの拍子に〈現実〉から取りはぐれてしまい、古今の物語やら映画のように、もしかしたら、わたしのいるところは誰かの夢の中かもしれない、とか、わたしの身体は実は別のどこかにあり、わたしが生きていると思っている世界は仮想のものであると、考えてしまうことがあるかもしれない。けれども、いま思考しているものは自分であり、自分を起点としているのだから、思考の主体である自分が生きているかどうかということは問わないだろう。

粗すぎる話になるけれども、とりいそぎ、意識があるというのは、自分がここにあって生きていることに疑問など挟まないことであるとしよう。しかし、そのことと、身体が実在しているかどうかは、また別の話である。同様に、身体が実在していても、意識がなければ、「私は生きている」という言説は成立しない。

つまり、「ある人間が、いまここにいて生きている」というのは、その人間の内部から言う場合には、不確かなものである。外部の観察者によってのみ、「ある人間が、いまここにいて生きている」と確かに言うことができる。もしも、誰もいない広大な砂漠の真ん中に、誰も足の踏み入れない密林に、ある人間がそこにいるとしても、その人間がそこにいることが認知されなかったら、その人間がそこにいるということは言えない。

この世界に私が在るということは、他者の存在によって、他者に語られることによって、初めて確かなものとして明るみの中に引きずり出されるのだ。

わたしたちは、自分の生きているこの世界を言語によってしか、みることはもはやできない。事物「そのもの」にはりつくように接することはできない。言語によってみるということは、すなわち、そのものの境界を明らかにし、そのものに意味をみる、ということである。そして、意味で満たされた世界を構築し、そこからまた事物に降りて事物を意味づけする。

あるものを名付ける、というのは、あるもののなんらかを抽出し、言語で表現される範疇に切り縮めるということである。あるものの固有性は剥奪され、あるものは名付けられた類に融解する。

ある生物に人間という名を与える。そして、人間は殺してはならないという掟が設定される。しかし、ヒト受精卵は、いつから人間になるのか。脳死状態である肉体は、生体なのか死体なのか。それらは、言語によって決定される。

他者への呼びかけを発語するということは、言語によって他者を分類し、規定し、名辞を付与し、そして、その名辞に内包された意味を命令することでもある。

発語には、このような権力作用がある。

だが、言語はもちろん、その言語のシステムが構築されている基盤の内部でしか動くことはできない。その言語を理解し、使用するものにしか、権力を保証されず、権力作用も働かない。

言語は、不変／普遍なものではなく、時間や空間に制約されて境界域を持つ。

したがって、言語で把握される真理は真理ではない。

真理というものがあるとすれば、それは絶対的に不変／普遍なものであるはずで、すなわち、言語といった境界域を持つところで把握されるものではなく、言語からも、あるいはこの世界からも超越したものであり、この世界の外側にあるだろうからである。

わたしたちが、真理について探求できることは、ある言語が体系づけられ通用している社会において、真理というものがどのように分配されているか、ということくらいだろう。

真理などは、言語の内にはない。

しかしなおかつ、わたしがいま、ここにいること、は言語の内で捕捉されるべきことではあるのだ。

*

崇峻天皇在位二年（五八九年）秋七月、かねてより崇仏か排仏かを巡り抗争を繰り返していた蘇我氏と物部氏の対立が激化し、蘇我馬子宿禰（そがのうまこのすくね）は諸々の皇子たちと、群臣（まへつきみたち）とに勧めて物部守屋大連（もののべのもりやのおほむらじ）を滅ぼすことを謀る。先帝の代から、帝の詔（みことのり）の議（はからひ）に対して「何ぞ国神（くにつかみ）を背きて、他神（あたしかみ）を敬（いや）びむ」と異議を申し立て、排仏を主張していた物部氏は激戦の末、「詔に随（したが）ひて助け奉るべし」という崇仏の蘇我氏に敗れ滅亡する。

物部守屋大連の従者に捕鳥部万（ととりべのよろず）というものがいた。物部宅を守っていたが、大連が滅亡したと聞いて逃れ、山に隠れる。

「万、逆心(さかしまなるこころ)を懐けり。故(かれ)、此の山の中に隠る。早(すみやか)に族(やから)を滅ぼすべし。な怠りそ」という朝命が下った。逆臣として討たれることになったのである。

万は衣裳(きもの)弊(や)れ垢つき、顔は憔悴して、弓を持ち剣を帯(は)いて、独り自ら姿を現した。数百の衛士(いくさびと)がかれを迎える。自分を殺そうとする武装兵士に取り囲まれ驚いた万は、計を巡らし智術の限りを尽くして戦うが、膝を射抜かれる。

倒れ、地に伏した万は、絶叫する。

「万は天皇(すめらみこと)の楯(みたて)として、其の勇(いさみ)を効(あらは)さむとすれども、推問(と)ひたまはず。翻(かへり)て此の窮(きわまり)に逼迫(せ)めらるることを致しつ。共に語るべき者(ひと)来(きた)れ。願はくば殺し虜(とら)ふることの際(わきだめ)を聞かむ」。

自分は、天皇の楯として、その勇をあらわそうと戦ってきたのだが、そのことを尋ねてもらえなかった。それどころか、ここに追い詰められている。共に語るべき者があれば、来よ。殺すことと捕えることの区別を聞きたい。

競い馳せた衛士等(いくさびとら)の射る矢の他答えるものはなかった。万はなおも三十余人を殺すものの、遂にその弓を截(うちき)り剣を河水裏(かわなか)に投げ入れ、刀子(かたな)を以て自ら頸を刺して死ぬ。

「八段(やきだ)に斬りて、八つの国に散し梟(くしさ)せ」との朝庭(みかど)の命令が出た。八つ裂きにされ、串刺しにされる時、雷鳴がとどろき、大雨が降った。

万の養(か)っていた白犬がいた。白犬は、万の屍のそばをぐるぐる回って、天に向かい吠えた。やがて、万の頭を咥えて、古い墓に収めた。そして、万の頭のそばに横たわり、食べ物を口にせずそのまま飢えて死んだ。

報告を受けた朝庭は哀れに思い、布告を下して犬を褒め、「この犬は世にも珍しい。後の世に示すべきである。万の同族に命じて、墓を作って埋葬せよ」と宣った。これによって、万と犬は共に葬られた。*1

倭朝廷仏教受容時における権力抗争のなかでの一挿話である。叛徒捕鳥部万の最期の模様がなにゆえ勅撰正史『日本書紀』に織り入れられたのか、寡聞にして知らない。

倭朝廷の征服史でもある紀には、たしかにまつろわぬ民のことが、蝦夷（えみし）や熊襲（くまそ）、隼人（はやと）、狗人（いぬひと）、土蜘蛛（つちぐも）などと名付けられ、記載されている。

かれらが自らを名乗った名前は、もはや残ってはいない。かれらそのものが、どのようなものであったかは消去された。しかし、かれらが存在したことは、正史の文字を食い破って、記述の中から滲み出す。

かれらの記憶は、文字と化した輪郭を時の層の中に留めている。

それがいかに彼方の猛々しくも野蛮な、あるいは異形の夷狄として貶められた名付けで記述されていようと、むしろそれだからこそいまだ倭の理解の下に覆い尽くせない神々、建たちがかつて在り、征服され、首を殺され、恭順したことが、正史のなかに滲み出すのだ。

ことに広く知られるように景行天皇皇子小碓尊によって謀り刺し殺された熊襲の首長である、川上梟帥（『古事記』では熊曾建）の如く、侵入者にして殺害者たる小碓に日本武尊の尊名を奉じることにより、スメラミコトの系譜へ自らの名を密かに潜ませた古代の神々もいる。

だがもはや、遥か神代に霞んだ濫觴の大王たちの時代から腥い血肉の臭気が漂う朝廷内での権力抗争期に時は移り、天皇自らはその指を血に浸すことなく、その名に於いて戦い斃れゆくものたちの腐臭を放つ骸を礎として、いまに至るまで相応の系譜が綴られる時代に入っている。

捕鳥部万もまた、旧い貴族物部氏配下の勇士として、したがって天皇の楯として、その勇猛をあらわさんと蘇我氏の軍と戦っているつもりであった。しかし、物部軍大敗となるや、蘇我氏こそが天皇の軍となり、なおも戦う万はすでにして賊軍の士であり、誅せられ滅ぼされるべきものに目されている。無論のこと、万、かれ自身が変わったのではない。解釈という平面が投網されスメラミコトと称する構造の地点から俯瞰されたとき、かれの身体が位置している環境が一瞬にして地滑りし、ベクトルを旋回させたのだ。したがって、万の眼差しはその変移を捕捉することは出来ない。ただ、「万は大連に従って、スメラミコトの楯として戦ってきた。それがスメラミコトのためだと信じ、そのために力を尽くして戦ってきた。それなのに、なにゆえいまここで、スメラミコトのために、殺されようとしているのだ。誰か共に語るもの、来てくれ。そのわけを聞かせてくれ」と惑乱し虚しく絶叫するしかない。

八つ斬りにされ、無惨に晒された万の屍体につきそうものがいた。万の飼っていた白犬はかれの骸を引き下ろし、その傍らで飢えて息絶える、とある。かつて窮境に陥ったヤマトタケルを導き出したのと同じ白い犬、太古よりの神性を備える白を纏った人ならぬ犬の忠義(?)にかこつけた哀惜を媒介として初めて、もはやひとの耳に聴こえる声では問いかけることのない叛徒は、スメラミコトの支配する地に再び組み込まれることを許される。犬はただ、屍臭から仄かに昇る、なにかそそられるものから逃れられなかったのかも知れず、それどころか万の犬でさえなくて、ただの弱った野犬だったのかも知れない。しかし、紀に記すには、万のもとを離れない、白犬でなければならなかった。赦されるために。

問いかけはけっして応答されることはなく、おまえがそうであるがゆえにそうならざるをえないのではなかったか、スメラミコトの民である限りその責務を引き受けなければならないのではなかったかという反問すらなく、手摺り足摺る肉体を失い問いかける声を失い射刺す眼差しを失い黄泉の国に閉じこめられたもののみが、果てなくその版図を拡げる欲望につき動かされているスメラミコトという機能によってこれもまた我が民草として赦され、悼まれ、ひっそりとした祀りで迎えられ封じられる。

まつろわぬものをさえ、スメラミコトの系譜を途絶えさせぬため叛徒の烙印を押しつけたものをさえ、脱力し、研磨し、漂白し、ささやかな珠のひとつひとつとなしてぬかりなく正史に添え、その哀切な微光によってスメラミコトの威容を際立たせる、実にたおやかな支配の技術。

だが。

帝国の版図を誇る神話創出のために、如何に凶暴な力を湿りを帯びた情緒的なものへと脱力し慰撫しようとも、記された文字の間隙から滲み出すのは、哀悼されることを拒み、スメラミコトのなめらかな神話をざらつかせ、皺よらせる、人間の現在、というものではないか。

平板で静止した歴史の解釈の表面、それは振動する個物を集合体として概念化するか、ないしは事績として冷却するか、されたものの表面であり、たとえば無数に無限回にうねり波立つ海の内部には海月(くらげ)が漂い海松(みる)の切れ端が浮かんでいたり鰯の群れが移動していたり幼魚が捕食されたりしたりするものであっても、山の上から見ればただひたすらに青く光を反射している平面に見えてしまう、またそうでなくては海を見ることが出来ない、そのようなものであるかもしれない。

それでもなお、解釈や概念の強い拘束力を振りほどいて、不意にその平板さに亀裂をもたらし、疵をつけ、疼かせるもの、それはどうしようもなく無惨で残酷な人間の現在である。この人間の現在は、容易には解釈を受け入れない、もしくは解釈の塊として、集合体の中にあり冷却されてはいても、なおかつ微細に静かに蠢いている。

背くものをもスメラミコトはいとおしがる、まさかに紀に於いて自覚的に企まれたわけではないだろう、記述すること自体が閉じた物語を創り出す。だから、スメラミコトの正史に記述したそのことが、途方もない失態だったといえる。スメラミコトを消尽点とする解釈平面の遠近法、その計算式が万の挿話を組み込むことによってはしなくも露呈してしまったのだ。

共に語るべき者、来たれ。願はくは殺し虜ふることの際を聞かむ。

あるいはそれを、二・二六事件の皇道派将校たちの無言の呪詛と重ね合わせる人もいるかも知れない。しかし、そういうことではなく、けっしてなく、なにものとも類比するのではなく、この世紀における何百万何千万の死者たち、少なくともスメラミコトの版図に糅された死者たち、重慶の、南京の、朝鮮半島の、ガダルカナルの、レイテ島の、東京大空襲の、沖縄の、ソ満国境の、広島・長崎の、シベリアの、戦争裁判の、死者たち、かれらを死者の名に於いてひとしなみにするのではけっしてなく、絶対になく、それでもそれぞれ個々の死者たちが蠢くざわめき、「共に語るべき者、来たれ。願わくは(ほかならぬこのわたしを)殺し虜ふることの際を聞かむ」という音波を捉える聴力を、持ち得るだろうか。情緒に流されて一掬の涙と共に哀悼するのではなく、人間の現在が発する音波を解析する、論理学を持ち得るだろうか。

系譜を途絶えさせぬために遂に帝位を退くことなく、問いに対して応答することもなく、天皇制の機能を生きた（むしろ、戦後に於いてこそ、天皇制の本質的機能を生きた）昭和天皇裕仁氏は、晩年、ともすれば公の場所において失語症的な様態をあらわした。両手をほとんどからだと垂直に交差するまでに拡げ、ゆっくりと動かして掌を幾回か合わし、声を発しないまま顎を上下させて口をぱくぱくさせる。それが、氏の拍手だった。よく躾（しつけ）られた小さな子供が、言われるまま、さして面白くないものに礼儀として拍手をする有り様にも似ていた。映像を通して知る、氏の失語症的振る舞い、その停滞のあとに話される言葉は氏によって記憶された文章であっても、氏の肉体と連動するものではなかった。そしてかれは、年表上、万の死後ちょうど一四〇〇年を経て（格段、このことにはなんの意味もないのだが）、この国を包んだ滑稽で厳粛な喧噪とは無関係に、その生命を閉じた。

＊

ところで唐突なようだが、際（ワキダメ）の意味が実はよくわからない。註釈によれば、ワキダメのワキは別、ダはアヒダのダと同じく地点を示す接尾語であり、メは目であるという。すなわち、殺すかとらえるかの区別である、と。であるならば、捕鳥部万の言葉の意味するところは、自分はいまここでとらえられるのではなく殺されようとしているのだが、何故とらえられるのではなく殺されるのか、その分かれ目、違いを聞かせて欲しい、ということにでもなろうか。それとも、殺すのかとらえるのか、その区別を聞かせて欲しいとなるのだろうか。確かに「殺し虜ふること」であって、とらえて殺すではない。とらえて殺す、とあれば、これは一連の動きとして考えられ、自分をとらえて殺すことと賊兵として攻められるのではないことの線引きと受けとめることが出来る。つまり、スメラミコトの楯として戦ってきたはずの自分は如何なる理由で（あるいは何時）逆心を持つと看做されたのか、自分はそのために殺されるのかという問いである。居並ぶ兵士を前にして叫ぶのだから、そういうふうに問いを読みとるのが、自然だ。ところがどうもそうではないようである。書き下しではなく原文を見ても「願聞殺虜之際」となっている。これは一体どういうことなのだろう。万が問うている、殺すこととらえることの違いはなんなのだろう。かりにとらえられてのち殺されるにしても、いまこのとき、すなわち万の問いが発せられた現在から万の持ち時間は延長され、その猶予の間にかれは何故という問いを、問いに答えるべきものとかれが考えるものに対して問うことが出来るかも知れず、また釈明出来るかも知れない。もっといえば、帰順できるかも知れない。とらわれるということは、そのあいだとりあえず生きているということだろう……かれらの平面の虜囚であるにしても。ところが、殺すというのは、身体を消滅させることであり、換言すれば問いを発する主体を抹殺することであり、問いかけるという行為を容赦なく封じることである。さらに、問いは問いかける行為によって他者を必要としているのであるから、その他者との関係の場を断ち切る、ないしはあらかじめ奪い取る、それが万を殺すということだ。したがって、万の問いは、問いが発せられない状況に置かれるのは何故かという問い、という重層性を持っている。この問いは、問いが発せられない状況に対する問いであるのだから、その問いのなかに問いを拒否する空間が内包されている。問いそのものに問いを脱臼させる問いが仕掛けられているので、問うという行為は失効されている。その問いが問いとして成立するためには、問いは問いかけではなく、他者から跳ね返って、問いを問う主体と問いの間を問いが果てしなく往還するしかない。私を何故殺すのか、という問いは、もしかしてこのような、空気の中で振動している砂粒の群れのように茫然としたものかもしれない。

主体の行為や主体の置かれている環境をゆるがせにし、問いそのものによって主体が主体に閉じこめられてしまいそうになる問いとは、なんなのか。また、それを記述するとはどういうことなのか。

＊

この世界に存在する物質は、いま、ここに存在するということを観測することができる。同一空間・同一時間に、異なる物質が同時に存在することはできない。すべての存在する物質は質量をもち、物質が存在している世界は質量不変の法則に従っている。すなわち、無から有は生まれないし、有は無に帰さない。わたしたちは、このような確信のもとに、物質が存在するかどうか、その物質はどのような運動をしているのか、知る。

物質でないもの、たとえば、魂や死後の世界や神などは、その存在を知ることはできない。だから、魂や神などの存在は、ただ主観的に、つまりこの私が信じるかどうかだけに、かかっているものである。

わたしたちは、事物の存在やその運動をみる、すなわち観測するにあたっては、人間が生きていく過程で経験的に得た言葉や知識を使っている。

たとえば、こういうことだ。机の上にひとつの鋏があるとしよう。それはペンケースの中の鋏とは色もかたちも大きさも材質も違うものであるけれども、鋏という概念でまずそれをみる。それを記述する場合、全長一六・四センチ、刃渡りが八・六センチで指通しの直径は二・五センチ、質量は三五・二グラム、刃の材質はセラミック、というように際限なく分割しながら計測・計量していく。また、この鋏でものを切るとF（手の力）a（力点と支点との距離）＝f（紙におよぼす力）b（作用点と支点との距離）という式で表現できるし、鋏が机から落ちるとその鋏のある時点の落下距離は$y=1/2gt^2$という方程式で計算することが可能である。そして、これを保証しているのは硬い空間と硬い時間というか、線形であり、非可逆（数式上は当然時間に関して可逆的だが、数式によって世界が動くのではなく世界の動きを表現するための数式であり、その世界は現実感覚としても熱力学第二法則に依っても現在―過去―未来に流れる非可逆なものであるという意味で）であり、因果関係がある（鉄をある力である方向に投げるとどういう抛物線を描くか、理想型としては決定されている）という世界認識だ。そして（学者はともかく）世界はこのように、硬い物質の集合として（いつの日にかはすべて）表現可能であると思われている。

神はサイコロを振らない（アルベルト・アインシュタイン）。わたしたちの生きている世界、わたしたちが日常というものをおいている世界は確かなものであり、偶然性は排され、物質の真理というものを、いずれは知ることができる、少なくとも接近することができる。

古典力学的世界では、わたしたちの世界観はこのように安定していた。

ところが、量子のレヴェルまで降り立ってしまうと、通常の現実感覚では到底記述出来ない、というよりもイメージ化を拒否するような運動が起こっている（らしい）。

たとえば日常のものの見方では a・b=b・a なのであって a・b≠b・a は間違いなのだが、a・b≠b・a ということもあり得なければ表現できないものがある。これは、数学の範囲では行列式の考え方を知っていればなんでもないことであるのだが、逆に言うと行列式を導入しなければ到底そういうことが在ることすら判り得ない、というか想像出来ない。しかし一旦行列式を知ってしまえば、容易にイメージ化、ないしは比喩や寓話で語ることも出来る。けれどもそれは比喩や寓話であって振る舞いそのものを記述しているわけではない。

質量が考えられなかったり、粒子であると共に波でもある光子のようなものの振る舞いを観測するには、観測そのものは観測機械という現実感覚で表現可能なものを使用していても、そこで観測される対象を記述するには波動関数を用いなければならない。その波動関数は関数そのものが通常の感覚で想像しうる空間や時間の硬い配置ではないところで動いている、つまり多次元の関数である。したがって、観測者及び観測手段と、波動方程式で表される観測対象の振る舞いの間には切断面がある、ことになる。しかも、観測対象は直観的なものを拒否するところにあるので観測しなければ観測対象の存在すら把握できず、観測者は観測手段を使ってしか観測対象を観測できないのであるけれども、観測手段自体が観測対象に攪乱をもたらすというのである。

量子力学という分野そのものは、私には到底理解できないというよりも理解しようとするための最低限の基礎知識すらもっていない。だから、子ども向け入門書か、もっと俗流のコラムに書かれるような程度の知識で（その知識さえ、古く不正確で間違っているかもしれない無謀を知りつつ）、話をすすめよう。

「シュレディンガーの猫」という名前の喩えで知られている量子の振る舞いに関する有名なパラドックスがある。量子力学の黎明期、一九三五年に、エルヴィン・シュレディンガーが発表した思考実験である。密室の中に猫と毒の入った小瓶を入れて放射性崩壊が起これば、毒の容器が壊れて猫が死ぬという仕掛けを施す。日常の世界では箱の中を覗かなくても猫は死んでいるか生きているかのどちらかであるが、量子力学ではふたつの可能性が未決定であり、観測されない限り猫は生きてもいないし死んでもいない。観測することによってそのどちらかが起こったということがいえる。これを解釈する理論としてはコペンハーゲン解釈というのがあり、波動方程式は物質波を記述するのではなく、量子がある決まった場所で見つかる確率を記述しているというものである。つまり、生きている猫と死んだ猫のふたつの型の波動関数があり（これをどちらも非リアルと解釈するのが通常であるが、どちらもリアルと解釈する多元世界的解釈もある）、箱を覗くと二者択一の一方が選択されてリアリティを持つ。ここで数学的には完璧に説明しうるのだが、日常感覚と相容れないのは、量子が確かにある状態からある状態へと変化しているのだけれど観測して得られる結果を知って行動している、と思われることである。ここでは、行動が行われて結果があるのではなく、行動の結果があってそれに向けて行動があるとでもいうようなことが行動されている。

電子は、原子核の周りを回転しているのではない。一つの電子が同一時間に無数の場所に存在しており、観察するとただひとつのものとして一つの場所に現れる。電子がどこに現れるのかは確率的にしかわからず、予測不能である。アインシュタインと対立するニール・ボーアなどは、こうして、わたしたちがみている世界は限定的なものであることを示し、その外部にある量子の世界というものを開いていく。

*

戻ろう。

「問いかける自分を殺すとはどういうことか」という問いを叙述するとはどういうことか。

相当乱暴であることを承知の上で、わたしたちがみている限定的な世界の外側にある（と仮説される）量子の世界を、思考モデルに設定してみる。

ここで、幾多の兵士たちに取り囲まれて殺されようとしている捕鳥部万を観測対象とする。『日本書紀』の記述者、すなわち観測者において観測されていることは次の通りである。

……物部氏と蘇我氏が抗争した。どちらも朝廷での権力を持っていたが、蘇我氏が物部氏を滅ぼした。物部氏配下の万は、抵抗を続けた。朝命により万征討の軍が万を取り囲んだ。万は、自分はいままで天皇の兵士として戦ってきたつもりだった、それなのにいま攻められている、「殺すことととらえることの境目を聞かせてほしい」と問いを発した。征討軍は矢を射た。万はなおも奮闘したが遂に自死した……。

観測されたことは当然ながら言語で表現される。この記述は一見整合性があり、理解できる。

今度は出来るだけ万の側に立つものの、やはり外部的に、記述する。

……万は物部氏の兵士であった。自分の主、物部守屋の命に従って動いてきた。物部守屋は天皇の朝廷の古くからの重臣であるから、守屋の命に従うということはすなわち天皇の命に従うということであり、自分は天皇の兵士である。その物部守屋が戦いに敗れて滅ぼされた。古来勇猛を謳われた物部のもののふとして、最後まで戦うことを決意する。しかし、いま朝命により自分を逆臣として討とうとする軍にとり囲まれている。一体いつ、どうして、そのように事態が変化したのか。しかも彼らは、自分をとらえるのではなく、殺そうとしている。その境目を聞かせてほしい、と叫ぶ。答えは返ってこず、殺そうとするので、なおも三十幾人かを殺したが、遂に武器を捨てて自死することになる……。

この記述も記述内部で起こった出来事は整合しており、かつ、先述の観測者による記述ともさして矛盾はない。ここまではいわば、古典力学的記述である。

さて、さらに、出来事と問いと問いを発する万の記述を試みる。

……万がいる。万を殺そうとしている軍がいる。「殺すこととととらえることの境目を聞かせてほしい」という問いが発せられる。この問いは、殺されようとしているために発せられたわけだけれども、殺すということは問いを禁止しているのだから問いそのものは成立していると同時に成立していない。外部的にみると殺そうとしている軍がいるから万は殺されるが、一方で問いが発せられそれが記述されたことにより、問いが成立したことになりそれに従って万は死ぬとも言える……。

であるから、出来事と問いと問いを発する万の記述は書き換えられなければならない。

……万がいる。万を殺そうとしている軍がいる。万は死ぬ……。

あるいは、

……万がいる。「殺すこととらえることの境目を聞かせてほしい」という問いが発せられる。したがって、万は死んでいるし、生きてもいる。これを記述したので、万は死ぬ……。

つまり。

出来事は起こっている。しかし、「私を殺すのか」という問いは、「殺されることを決定されているこの私を殺すのか」ということであり、この問いを記述することを選択することにより殺されることが決定される。波動方程式のように、ある出来事のなかで発せられるこの問いは言語で記述されており言語内では意味が整合しているが、それは問いを発する主体の行為を描出するのではなく、問いが選択されることにより主体の（行動ではなく）様態が決定される。主体が在るのか、在らないのか、ということ自体は、この問いの中では無意味であり、ないしは宙ぶらりんであり、観測者が存在し問いを媒介として記述することにより、主体の関わる出来事が在る、のである。そこでは見掛け上観測者と記述が優位に思われる。ただそれでもなおも、記述に収まり得ない、記述されることによって記述に予期し得ぬ攪乱をもたらす身体は、ここに在る。

　ここ？

　波動方程式としての問いの解析をふたたび。万はいま、観測されてしまっている。殺すということは、問う行為という運動を抹消するのであるが、同時に問いによって与えられている観測対象を被観測体として物質化している。そして、とらえるということは、この被観測体を、観測者の空間の中に引きずり出し拘束する。観測者の空間の中に在らしめその質量、その位置を測定し、かつそれがなにものであるのかを同定することである。殺すか、とらえるかという（重層構造を持つ）問いは確率論的なものであり、つまりどちらの空間に観測対象である万が位置しているかを示している。実は既に逆賊であるという同定は、観測者の側の空間、直観によって表象しうる空間に於いては為されているわけであるが。そしてまた、問いによって被観測体として物質的にリアルである万は死ぬことを決定されているわけであるが……ここに、記述されることによって記述に予期し得ぬ攪乱をもたらす身体が、観測結果を知って運動する。万は観測されることによって観測者の空間の中で主体化されている、すなわち死ぬということが確定されている、そのことを万は知っている。

　しかし。

　かれは、とらえられるのでもなく殺されるのでもなく、自死を選択するのだ。それはいずれにせよあらかじめ観測者によって確定された、結果としての様態ではあるのだが、その過程に於いて、かれは戦いを続行し、結果に向けてかれらによって殺されるのではなく、自ら判断し、選択する、かれらによって捕捉された被観測体としてではない主体として、運動する。量子力学では、ある状態からある状態への変化の移動を知ることは出来るが、その過程を知ることは出来ない。その過程に於いて量子がいかなる運動をするのか、存在しているのかしていないのか、あるいはそのどちらでもありどちらでもないのか、知り得ない。であるから、とりあえず幽体（ゴースト）と擬せられる。

そのように。万は、確かに観測することによって決定づけられた結果に向けて運動するという結果として記述されはするけれども、その観測と観測の間隙、過程を、観測者の拘束を打ち破って、繰り返し言おう、自ら判断し、選択する。記述は位置を確定する。同定する。運動を分割し、静止した点へと固定し、分類する。そして、所有する。かれ万は、座標系を設定するかれらの刃ではなく、自らの刃で自身の頸（くび）を刺す。万の抵抗の摩擦熱が記述を軋ませる。

万の自死の選択は、確定された世界に対する反逆だろうか。

決定されている結果に対して、なおも自由意志で運動し確定平面を食い破ろうとするものだろうか。

「殺すこととほふることの際」という問いは、いまここにおいて、政治平面上にあり、万の生命はこの問いに繋留されている。この問いは、万の生命を繋留するという意味に於いて万（の身体）のものでありながら、かつ外部でもある。確率論的に存在する万の殺＝死（生命の抹消）と虜＝生（生命の捕捉）を構成する問いは、外部の政治平面ではすなわち、逆賊としての万の実体化した生命を対象としているのであり、この問いはここ政治平面上では問い―生命系である。万（の生命）にとってもはや政治平面内には逃走線はない。しからずんば、名誉を賭けた自死か？抗し得ぬ宿命を自らの手によって決着するか。

否。そうではない。

それらはなお、問い―生命系の中にある。そうではなく。万は、政治平面の中に生命をこじ開けるのではなく、物質として（依然決定された死ではあっても）観測結果を判断し選択する、物質として運動する。ただ、それだけだ。

理念ではなく物質としての情動、死者の群れへ、物質の記憶へ、物質の海へ、海の記憶へ、運動する。問い―生命系では知覚され得ない物質へ。叛徒か死刑の被宣告者か、と知覚する問い―生命系を存立せしめている政治平面では知覚され得ない物質の運動。この運動が、問い―生命系から、問い―物質系へと万を拡散させ解き放つ。問い―生命系から問い―物質系への変化の間に起こる運動は、幽体として存在する物質、問い―生命系には存在し得ないが幽体として在る万の運動である。問い―生命系では、生／死が確率的に分かたれる。であるが、問い―物質系では、生／死が分かたれるのではなく、存在（政治平面上の万としての）／物質が確率的に分かたれる。万は、物質へと生成することによって、永遠回帰する。

われらのごとく考うる者に、万物はみずから舞う。来たり・手をさし延べ・笑い・逃れ――さて、ふたたび還りきたる。すべては行き、すべては還りきたる。存在の車輪は永遠に廻転する。すべては死に、すべてはふたたび花咲く。存在の年暦は永遠に経過する。すべては破れ、すべては新たに接ぎ合わさる。存在の同じき家は永遠にみずからを建立する。すべては別離し、すべてはふたたび再会する。存在の円環は永遠に自己に忠実である。すべての刹那に、存在は始まる。すべての「ここ」をめぐって、「かしこ」の球は廻転する。永遠の路は曲折している。[*2]

永遠回帰とは、〈同一なもの〉が回帰するのではない、とジル・ドゥルーズはいう。ただ回帰することのみが、生成しているものの〈同一〉なのである。〈一なるもの〉がまず存在し、多数多様なるものに生成していくのではない。〈一なるもの〉は多数多様としての多数多様なものについて言われることであり、〈存在〉とは生成としての生成について言われることである――と。

展こう。

多様なものが多数あり、それらは個として〈一なるもの〉であると同時に、個もまた、さらに多様な多数のものから生成され、個の境界域は都度生成され、変化する。存在は、意味の平面に置かれ、平面上で個の境界域は設定される。しかし、意味の平面は多様であり、多様な平面が多数あり、個に交差し、したがって、個は、ある平面で観測されるときその平面の意味の内部にある価値で位置の座標点を定められ、名づけられて、その存在を捕捉される。

多様多数のものから構成され、多様多数のものたちと交換し、入れ込み、せめぎ合い、食い合い、生成の運動として存在する〈わたし〉が、多様多数の意味の平面に同時に存在する。〈ほかならぬ・このわたし〉は、しかし、いま・ここに、ただ在る。

外部観測によって、偶然に捕捉され、名づけられた〈わたし〉ではなく、ただ、〈ほかならぬ・このわたし〉が〈わたし〉を観測し、〈わたし〉の存在を確固として定める。

在ることの、意志。

自尊でもなく、かれらの平面内での反逆でもなく、万が賭けたのは、断じて偶然を廃棄しない骰子の一擲である。理念なるものの上位にある国家に従属した手ではなく、永遠回帰の車輪を回す手に賭ける。

車輪の遠心力に散乱される。

物質の海へ、海の記憶へ。

物質の海へ身体を拡散させることによる、この問い──生命系から問い──物質系への転換が、政治平面をずらし、拗らせる。

問い──物質系が、政治平面上にあるかれらを囲繞する。

そして。

ある日、ふと、かれらに嘔吐がこみあげ、失語症的振る舞いがかれらを戸惑わせる。

たしかに。

万は、外部観測の結果通り死ぬが、確率的に存在してもいるのであり、消尽するとともに、遍在する。

ここではない場所、に。どこでもない場所、に。

不在、あまねき存在。

ここ？

記述によって写像されるかもしれないが、かつそのことによって分割され方向性と長さを持つが、しかしそれそのものは方向性も運動量も持たない運動であり、その運動の場所に欠如としてでもなく過剰としてでもなくただ在る、在って運動している、そうした無力な空間に在る、もの、が在る場所。
おそらくこれが、人間の現在なのである。

ここ?
nowhere=now here.
遍在する主体!

*1　坂本太郎・家永三郎・井上光貞・大野晋校註『日本書紀(四)』岩波文庫、一九九五年を典拠とする。
*2　ニーチェ『ツァラストラかく語りき(下)』竹山道雄訳、新潮文庫、一九四八年。旧字体は新字体に改めた。

V

場所――死者と生者と

ひとは、いつを生きているのであろうか。

あるいは、どこを生きているのであろうか。

私が確かめられるこの肉体は、無論、〈いま・ここ〉に存在しているわけであるが、それは物理的な存在である。

しかし、時間的存在としての私は、〈いま〉というものが定置できない以上、どこに存在しているかは、ある一点に定めることは出来はしないとも考えられるだろう。もしかしたら、過去にあった私は、現在の私とは別に、そのまま存在しているのかもしれない。けれども、それは記憶の中で存在しているように思えるだけで、実は存在していなかったのかもしれない。

生きている、というのは、主観的に意識されるものであって、夢を見ていない睡眠時や麻酔時のように意識がないときは、自分が生きているのかどうかなどということはわからない。わからないというよりも、わかる、わからないを問うべき私がいないのだから、疑問自体が発せられることはなく成り立たない。とすれば、主観的には、私を意識できる私は、死なないことになる。私は、眠りというかたちで繰り返し、繰り返し「死」を少量服用しながら、ずっと生きているのである。

誰かの生も、また同様だ。

なんということはないけれども、いつのまにか交流が途絶え、疎遠になってしまった人のことを思い出している時、その人は私にとって、過去に生きている人である。生きていた、のではなくて、思い出す時には、生きているのである。そして、どこかで生きているように思う。たとえ訃報を聞いたとしても、その人がすでにこの世界から旅立ってしまったということを知っているにしても、想起されるその人は、私の呼び起こされた記憶の中で生きている。

フィルムの中で、溌剌とした笑顔を弾けさせ、ブランコを漕ぐ俳優も、年老いてもはやこの世を去っていることを私は知っている。知っていても、フィルムを見返すたび、そこには、その時のその場所での俳優が生きているのだ。何百万人もの、何千万人もの人々に観られ、観られることにより個々の人びとの中で、その俳優は、時の流れから召喚されて、結晶化された〈いま・ここ〉を生きる。

だから、なのだろう。人は、誰かに覚えていてほしいとどこかで願っているものだし、もし死んでも、誰かが覚えていてくれる限り、なにか知らず生への希望をつなげるような気がする。誰もが自分のことを思い出さなくなった時に、あるいは誰一人自分というものを知った人がいなくなってしまった時に、人は第二の死を死ぬ、ということはこういうことなのだろう。

だが一方でまた、〈いま・ここ〉で確かに生きているものたちも、もし遠い未来からの眼差しにさらされるとするならば、全て死者の群れということになる。夜空の星を見上げる時、その光は遠く何千年も昔の光であることを知ると、時と存在というものがわからなくなる。すでにもう、消滅してしまった星を、いま、そこに見ているということもあるのだ。そのように、どこかの遠い星から、この世界が観察されたとするならば、私たちはすべて死者というわけだ。

*

作家の瀬戸内寂聴は、二〇〇〇年から二〇〇一年にかけて『新潮』に一四回、『場所』という小説を連載している。七八歳になる寂聴が、生まれてから自分の住んだ場所、忘れてはならない場所を廻りながら、思い起こす人びと、思い起こす事柄を書き綴った、自伝的な小説である。五一歳で出家してすでに三〇年近く経っている。新潮社による『瀬戸内寂聴全集』のために、著者自ら「解説」として書くつもりが、書いているうちに小説として仕上げたいように思って連載となったのだという。描かれる場所は、父の郷里である徳島との県境に近い香川県引田町から始まり、本郷壱岐坂まで。この後、瀬戸内晴美は、出家して寂聴となる。

すなわち、俗世を捨てた寂聴が、世俗において八苦に悶えながら生きていた晴美を確認し、新たに見出していく旅である。

自分の生まれた故郷はもちろん、両親の生まれたところまで出かけて見たら、全く知らなかったことが次々わかってきて、毎月探偵小説でも書いているような面白さがつのってくる。そのうち、自分のかつて書いた小説の裏側を探っているような塩梅になってきて、昔、こうだと思い込んでいたものが、実はそうではなかったのではないかという疑いが次々生じてきた。人の心なども、勝手に憶測して、こうだと決め込んでいたのが、実は全くその反対かもしれないなどの発見も出てくる。それを探り確かめていくのが、滅法面白くなってきた。

（「生きてきた「場所」」『瀬戸内寂聴全集 第二十巻』新潮社、二〇〇二年）

全く知らないことがわかってきた、というのは、両親に関することのように、自分が直接体験できない誕生以前のことや、その見る目が幼くて出来事の背後関係や社会関係などが理解できなかったことがあるので、それはそうだろう。しかし、そればかりではなく、生まれた時から身近に接している親やきょうだいのことは、知っているようで、ほんの一部分しか実は知らない。それは世の中に生きている誰にでもあてはまることで、誰もが、自分以外の誰であろうとも、誰かの全てを、とは言わないまでも、多様な顔すらも知ることなどできない。当たり前のことだ。けれども、身近に慣れ親しんだ人のことは、とりわけ、日常を共にした血の強くつながった人のことは、わかっている、と思い込んでいるものだ。

一八歳で東京の女子大に入り家を出て以来、ほとんど故郷に住んでおらず、無頼な小説家になってのちは、田舎で律儀な暮らしをしている人々にとっては肩身の狭い、迷惑なことだろうと、親類の冠婚葬祭にも無縁で暮らし、郷里とは関わりをもたなかったという。そうやって自ら控えていたのが、今は俗世を捨てた寂聴となり、それよりも、有名な流行作家となって、何十年ぶりかに訪れた故郷は、すでに孫の代にまで代替わりしているところも多く、丁寧に迎えられ、案内される。

「この年になるまで、自分の家系に関心をもったことなどなかった」というのに、ゆかりの土地を訪れ、思い出すことどもを書くうちに、自分を「あれほど溺愛してくれた母より、生前、対話もしなかった父を、よりいっそう思い出しているのに気づ」き、想起される出来事のその時点での自分が、さらに幼い時の何を思い出したかが思い出され、さらに前の記憶が手繰り寄せられ連鎖的に続くまま、それが辿りたどって、いまの目線から補完され、その出来事、その人の相貌にべつの光があてられる。

そうするうちに、自分の周りにいて、自分を形作ってくれていた人びとが、自分の父や母や姉やら、といった血族関係の中で位置付けられた人ではなく、その人として生きた輪郭が新たに生まれてくる。それが、『場所』によって書き留められて、その人びとは、『場所』の中で生きることになる。そして、瀬戸内寂聴は、晴美として生きてきた人を、その『場所』のなかで、もう一度生き直させている。

つまりは、『場所』は、小説なのである。


〈年表的記述〉

一九四三年、東京女子大学在学中の二〇歳の晴美は、二月に徳島で九歳年上の男と結婚、夫は北京に単身赴任となる。

九月、東京女子大学を戦時繰り上げ卒業し、一〇月、夫を追って中国に渡る。

一九四四年、長女誕生。

一九四六年八月、親子三人で徳島に引き揚げる。七月の徳島大空襲時に、祖父と母が防空壕で焼死したことを知る。

一九四七年秋、職を探すために先に上京していた夫の元に、娘と共に上京。

一九四八年二月、出奔。京都に住む女子大時代の友人を頼り、彼女の下宿に同居。
一九五〇年二月、正式に協議離婚。四月、父死去。

年表で書かれてしまえば、ただの点にすぎない出来事であるが、この「出奔」が、作家瀬戸内晴美を生み出すきっかけとなった、四歳年下の男との恋である。

晴美、二五歳。

夫の教え子である文学青年に、晴美みずからが、すべての情熱を傾け、子供も夫も捨てて突き進む。しかし、出奔したものの、うまくはいかなかった。

晴美の小説に、この男は、涼太という名前を与えられて繰り返し繰り返し書かれることになる。

それは意味や説明のつけようもない理不尽な情熱の所産であった。その不可抗力な烈しい情熱を恋と名づけるのが私には怖かった。自分の心の奥にひそむ情熱が、恐ろしい破壊力を持ったものだということを納得したのは、すべての自分の過去の所業を冷静に客観視して振り返ることが出来るようになってからであった。私の場合は、それは出離以後まで待たねばならなかった。

（『場所』『瀬戸内寂聴全集　第十八巻』新潮社、二〇〇二年）

これを書いている寂聴は、俗世を離れてから三〇年経っている。出家時より四半世紀前のことを、時というもので濾しながら、涼太のことを再び、『場所』で描く。

この涼太は、三〇代から四〇代にかけての晴美によって、初の私小説として書かれたものに登場する。

「夏の終わり」をはじめとする連作である。

この頃の晴美は、妻子持ちの不遇の小説家小田仁二郎と半同棲して八年になっている。男は、月の半分を妻子の元で暮らし、残りを晴美のところで過ごす、というような生活を送り、同人誌を主宰したりしながら彼の文学なるものに時間を注いでいる。暮らしの費えは、妻と晴美に頼り切っているような男だ。仕事は順調である晴美は、嫉妬に苦しみながらも、男を支えることによって罪の意識と所有欲を満たし、男の才能を信じていたようだ。だが、八年の歳月は、倦怠と弛緩も忍ばせる。そこに、かつてすべてを捨てて出奔するまで情熱を傾けた年下の男（小説では涼太）が、すっかり中年の男になって再び出現する。二人の男と関係を続け、つまりは図式的には四角関係となるわけだが、結局、小田仁二郎を裏切り、涼太に走る。晴美ひとりで暮らし始めた粗末な住宅に、涼太が入り込むけれども、二人はうまくいかない。流行作家として仕事に追いまくられる晴美にとって、涼太の存在は疎ましくもなっていく。やがて、やはり晴美の稼ぎに依存しながら涼太は、若い女性と結婚してしまう。

この時期をめぐって、晴美は、登場人物の設定を少し変えながらも、激(たぎ)るような情念に満ちた生活を書き綴る。

「夏の終わり」、「雉子」、「みれん」、「あふれるもの」、「花冷え」、「妬心」、「地獄ばやし」……と続く一連の作品は、事後を振り返って書かれたものとはいえ、情のほむらにまだ肉体は火照っているように濃密でもあり、一方で、皮膚の奥底で膿んだように疼いている痛みにも耐えている。だが、「恋と革命」と鬨の声をあげて世の人を鼓舞した瀬戸内寂聴の、これが恋だったのだろうか。

不可抗力な烈しい情熱とは、こういうものだったのだろうか。

確かに、内なる力に突き動かされ、世間の規範を足蹴にするような晴美の奔放さは、そうみえる。だが、実際に生きている涼太や仁二郎、そして晴美自身が、事後の晴美の視線で濾され、解釈され、再構成されて、それぞれの関係の網目の中で位置付けられてみると、一途さよりも、思惑やしがらみ、嫉妬や負い目や後ろめたさや、そうした複雑な心理が絡み合い、小説に結晶化された日常につかまるように動いている。そしてそれは、生身で生きている人間の影であり、ここで結晶化された人間が現実の世界の中でこの先どうなるのかは、この時点では、わかっていない。その意味で、生々しくもある。

この時から長い時間を経て『場所』を書いた時点での寂聴にとっては、さらにその事後というものを知っている。そして、寂聴にとって、当時の錯綜した烈しい感情は、もはや遠いものとなって、「まだ生き残っている男がいたとしても、また偶然めぐりあうようなことがあったとしても、おそらく何の感情のゆらめきも生じることはないだろう」（『場所』）と書く。愛を交わしあった歳月も、別れも、なんの悔いも残してはおらず、「何かの拍子に思い出せば、肉親を思うようなあたたかさや、懐かしさに心が浸されてくるだけ」であるとも。

それでも、「思い出す度、息苦しいほどの切ない想いに胸がしめつけられるのは」涼太だけである、という。ひりひりした切なさ。

おそらく、その涼太とは、「夏の終わり」などに出てくる涼太ではなく、二五歳の晴美が出会った、その時の涼太であろう。無論、同じ人物であるのだが、想起されるものは、その時のその場所にいるものなのではないか。

『場所』では、夫不在の時に晴美が起こした破滅への恋が、丁寧に描かれる。結婚も、その後の人生で経験することになる恋も情事も、すべて受け身で始まっていたのに、みずから進んで身を投げたのは、涼太だけだと、言い切るのだ。

それは、肉欲を伴わないものだった。九歳年上の夫とも、童貞と処女で結婚する。涼太もまた、恋らしい恋をしたことはなく、女に触れたこともなかった。

眉山（びざん）の麓、涼太と逢い引きをした椎の林を訪ねても、五〇年経ったいまは、灌木や丈の高い猛々しい雑草が乱雑に生い茂り、小径も昔の半分ほどの幅もなくなって、辿り着くことも難しい。
あの頃の時。未明、まだ子供も、父や姉も寝静まっている頃、ひそかに家を抜け出して、息を殺して一目散に眉山に駆け込んだ。たいていの朝、涼太の方が先に来ていて、暁闇の中で待っていた。日が昇りきるまでの、わずか五分か一〇分の逢瀬を、ものも言わず、ただ時間を共有する。抱擁するでもなく、落ち葉の中に腰を埋め、目を見つめあっていた。

共有される時間はわずかであってもそれは永遠にもつながる、言語を超えた根源的理解といったものに満たされたものだったのだろう。肉に備わる物質的な欲動に駆られるのでもなく、解釈され言語的な意味の階梯に定置されるのでもなく、もしかしたら拈華微笑（ねんげみしょう）に通じるような、二人の魂の凍るような燃え上がり。

これはこの時、この場所のみで結晶化されたものであり、想起されたものは、名残りにすぎない。だから、切ない。

これこそが、寂聴のいう「恋と革命」だったのかもしれない。

年古び、すべての事後を知る寂聴は、想起される出来事をつなぎ合わせることができる。
ある朝、逢い引きの後に山径を帰りはじめていた晴美は、突然前を歩いていた涼太に抱きしめられる。接吻ではなく、木からぶら下がる首括りの男に気づいた涼太が、晴美に見せまいとしたためだった。

「首吊りは死ぬのが楽だし、確実だっていいますね、でも自殺するなら、首吊りだけはやめとこう。あんまり様のいいもんじゃなかった」。

それから、二十数年後、もう何年も逢わなくなっていた涼太が、事業の失敗から、妻と社会人になったばかりの娘、高校生の男の子を遺して、自分の会社で縊死した。

寂聴は、人伝てに聞いて知っている。

夫と子供を捨てて出奔までしたのに、二〇代の頃の二人は、結局結ばれることなく、別れてしまう。

そして、涼太の生とと再び交錯するのは、晴美が三七歳から四四歳にかけての頃だ。晴美がはじめて安心して心身を預けられる小説を書く男小田仁二郎と暮らしている時期である。落ちぶれて、生活の垢を肌に染みつかせたような情けない人間として、小田仁二郎と暮らしている晴美の前に、ふっと幽霊のように現れる。

一〇年前京都で晴美と別れた後、徳島では、金持ちの世話を受けながらバーで働いていた女性の情夫になったし、九州へ流れていた歳月には、中洲で人気のあった子持ちのバーのマダムと何年か所帯を持っていた。そうして、信じられないほど、性戯にたけた男になっていた。

もしかしたら、幽鬼のように消耗しきった姿で私を訪ねてきた時の涼太は、私より小田仁二郎に興味があったのではなかっただろうか。なぜ、そのことに今頃気づいたのかと、私はこれを書きながら、自分の迂闊さに呆然としている。

私にはじめて恋を打ちあけられた時、呆気にとられたと告白した涼太は、再会した私から、

「あなたをこんな情けない人間にしたのは、あたしのせいよ」

と、泣かれた時、もっと内心驚いたのではなかったか。

二度とも涼太の場合だけ、私が火をつけてしまった。無垢な若者の前途を誤らせてしまったという悔いと負い目から、私は再び涼太の二度めの人生を踏み迷わせてしまったのであった。


（『場所』）


性的な経験を積んできた晴美と涼太にとって、唇も触れずに目を見つめ合うだけで満足していた恋は、幼稚なものに思える。なつかしくはあっても、その切なさは、肉の厚みを持て余す女と男が、二度とふたたび手にすることができないものに対するほろ苦さを含んだものであるはずだ。

涼太との新しい関係を、またしても小田仁二郎に唐突に告白した晴美が、涼太にそれを告げる。と、涼太のかくしきれない狼狽ぶりに虚を衝かれ、むちゃくちゃなんだからもう、と責める彼に、「かくしきれないわ、こんなこと」と答え、その瞬間、傷つけてしまった小田仁二郎への愛で、軀が震えそうになる。目の前の涼太が突然卑小に見えてきて、「涼太は私とそうなっていても、

内心敬愛している小田仁二郎に憎まれたくないと思っていたなど、どうしてその頃の私に想像ができたろう」。

その頃よりほどなく想起され、「夏の終わり」などで結晶化された人びとが、出離して久しい寂聴によって、過去より召喚され、また異なった生を生きていたものとして再結晶化される。

生きていたものたちの影が、記憶の底の過去のあるところにとどまり、それらが、繰り返し、繰り返し、想起という形で召喚されるたび、現在にある自分、すなわち想起する主体の意識によって、剥ぎとられ、あばきたてられ、読み直され、ずれながら過去の時を反復するのだ。

『場所』は、寂寥感に浸されている。

寂聴によって想起されるものたちは、今はすべていないからだ。不在の場所を、寂聴は、歩いているのだ。

> 人は誰も過ぎ去り、時は確実に通り過ぎてゆく。
> けれども、人の足の立った場所だけは、土地の記憶をかかえたまま、いつまでも遺りつづけていくようだ。
> （同前）

これを書いた寂聴は、この時、生きている。

生きているからこそ、過ぎ去ったものたちを想起し、繰り返し、繰り返し、その都度、新たにその場所に生きさせることができる。

過ぎ去ったもの、すなわち、死者たちの群れ。

と同時に、「出家とは、生きながら死ぬことよ」というのならば、すでにして寂聴もまた、死者の群れのなかにいる。

その寂聴も、過ぎ去ってしまった。

まだ過ぎ去ることをせず、この世に留まっているものは、その書かれたものを読むたびに、そこに生きている寂聴を知ることになるのだろう。

読むたびに、変奏されながら、死者たちは生者とひとしくなる。

死者は、死なない。

そして、場所だけが、そこに残る。

あとがきにかえて

あれは何年前になるのだったか、もしかしたら、二〇年も前のことでもあるような気もするし、一〇年ほどのような気もする。年齢を重ねるごとに、時間の遠近法が曖昧になる。

平日の昼下がり、デパートの屋上。

空は青く、陽光は午後のわずかばかりの寂しさを潜ませる。

ベンチに座り、缶コーヒーを片手に、ぼんやり空を眺めていた。

あたりは閑散として、ほとんど人はいない。

たぶん、ひとびとは忙しく、日常をしっかり自分のものとしているはずだ。

ひとりなにをするでもなく、こんなところにいる。

時間を潰しているという用事さえもない。

背骨の底にむず痒い焦燥が疼く。

世の中からなんとなくとりはぐれてしまっているようで、それにしてもなにかに対するいい訳など見つけようもない。

ここにいるのだけれども、足元を支える地面があるのかどうかおぼつかなく、気を許せばずぶずぶと深みにはまっていくようだ。

所在ない。

こんなところに、こんな時間にいるわたしは、人が見たらどう思うのだろうか、と少しくらいは気になる。

——おまえは、なにものなんだ?

相当長い間生きているにもかかわらず、いまだに自分をなにものとも表現できないでいたらくがなんとも実に情けない。

研究会やシンポジウムにいっても、集会に顔を出しても、署名でも、名前と所属、連絡先を書かされることが多い。その所属がない。週の大部分は大学などで講義を持っていたけれども、収入源といえばそれが主たるものだったのだけれども、そして大学院生の時からずっと継続していて他の職種にはついたことがないのだけれども、あちこちの非常勤つまり非正規雇用だから、所属といえるほど安定して属してはいない。これを書いている現在となっては、病を得てそういうものも手放してしまった。

専門分野はなにかと問われれば、講義のタイトルでいうとばらばらでまとまりがなく、自分ではさほどぶれていないつもりなのだが、書くものものもジャンルを決めかねる。

ひとことで説明できるような肩書きはない。

自分自身の家族は持っていないので、しがらみにとらわれることもない代わりに、寄りかかれるものものもない。

世の中から、いつも問いかけられているようで、平日の昼日中、デパートの屋上にいること自体、うしろめたいような薄笑いをしてしまう。

そんなことは、どうでもよかったはずなのだ。

むしろ、なにものでもないこと、なにかの範疇に押し込められないこと、どこにもいるけれどもいないこと、ただ奇妙であること、そのような在り方を、どこかで夢見ていたのではなかったか。

いや、ちがう。まったく、ちがう。そんなことができるものかどうか、単なる抽象的な言葉の上だけの夢想にすぎない。それに、世の中を仕切るものから範疇に押し込められることを厭うだけで、さらには、世の中から〈わたし〉というものがその場その都度の範疇で表現される以外のなにものでもないと言われているような気がするから逃れたいだけで、〈わたし〉が在ることを、〈わたし〉を知らない誰かにも知ってもらいたいという、いじましい欲求を隠し抱いている。

所在なさは、なんだろう。

無重力空間にいる宇宙飛行士は、最初、自分の身体と空間にある物体との距離がうまく取れず、身体を動かすのに戸惑う、という。上下左右もなく、物体はばらばらに散らかり、自分がどこにいるのか、落ち着くことのない不安にとらわれ、身体を思うようになめらかに動かすことができないのだ。どこでもいい、ただ壁の一点を触り、身体をつなぎとめ、姿勢をとる。そうすると、上下左右が自分の身体を起点としてかたちづくられ、そこに存在する物体との距離がはかられ、物体と自分、物体と物体の関係性が構築される。そうして、自分の方向を表す軸を持ち、関係性のなかにある自分の身体を認識し、身体を運動させることができる。そんなことを聞いたことがあるように思う。

一点。その一点を確かめることができれば、無重力でも、踏みしめて安定を保証する地面がなくても、自分のいまいるところで身体を運動させることができる。たとえ、そこにあるものたちが出鱈目で、ばらばらに漂っているとしても、だ。

自分が漂っていても、宙をまさぐり、やみくもに手を伸ばし、不恰好に手を振り回し、どこかに触ることを試みること。

もしかしたら、所在なさは、一点を見つけられないまま、もがいているのか、もがくことにも倦んで、おぼつかなさと、ぼんやりした不安に慣れてしまっているからなのだろうか。

それにしても、空は青く、雲はゆるやかにかたちを変える。

アイスクリームの雲は溶けて、いつしか象がのっそり空を泳ぐ。

象は城に、城はきのこに、きのこは波に。

もちろん、知っている。

白い雲の塊は、無数の小さく冷たい水滴なのだと。

海や地面から蒸発してみえない気体となり、上昇気流にのり、上へと運動し、冷たい空気に触れてかたまり、小さい水滴となる。

小さく弱い水滴は、静止せずに微細であろうと空気の流れにのり運動する。

遠くからでは、くっきりとしたかたちをつくり、みるものになにかの姿を思い浮かべさすかもしれないが、近づくと境界などなく、不定形に蠢く小さなものたちが凝集しているだけなのだ。

小さなものたちは運動し、ぶつかり、ぶつかって溶け合い別の小さきものとなり、よりあって大きくなり、かたちを変化させていく。

小さきものたちがぶつかりながら雲つぶとなり、雲つぶはまたよりあつまって雲となり、重さを大きくし、やがていつか雲を支える気流がもちこたえられなくなった時、雨となって落下する。

また、異なる気流、乾いていたり、あたたかいものに出会うならば、小さく弱い水滴は、空気にとりこまれ、水蒸気に変わるだろう。雲は消える。

空をみあげ、雲を眺めている。雲は、のどかに浮かんでいるようにみえるけれども、無力で小さなものたちがそれぞれの運動をしながらせわしく変化し、無力でありながら重量をふくらませ、重量を力に変換することを試みている。

もし、わたしが雲であるとしたら、わたしは小さく弱い水滴がよりあつまったもの、わたしは小さく弱い水滴であり、同時に重量をもち力の可能性を秘めたものであり、静止しながら、変化するものであるだろう。

ぼんやりと静かでいながら、わたしのそこかしこは、ざわめいている。

平日の昼下がり、デパートの屋上。

あの日のわたしは、所在のなさに怯えていた。

いまもなお、たぶん怯えている。

いまだに一点を触ることができず、背骨の底にむず痒い焦燥を疼かせながら、ぼんやりし、けれども、ふと思うのだ。

無力は無力なことではない。ざわめいているのだ、きっと。

なにも動けず、どこにもいけないようであっても、ざわめきは、空気を振るわせ、移動をもたらす。

ゆっくりと、遠くへ。

＊

ぽつり、ぽつりと『ユリイカ』に書いたものを集め、手を入れてまとめたのがこの本です。『ユリイカ』ですから、その都度の特集テーマがあります。

もちろん依頼を受けたので、そのテーマに沿って書いたつもりなのですが、いま読み直してみると、テーマを辿っているようにみえながらどうもあちらこちらに寄り道ばかりで、挙げ句の果てはどこか違うところにふみ迷ってしまったものもあります。

いったい私は、なにをさがしていたのだろう。

「こういうことじゃない？」とランプを灯してくれたのは、この本を担当してくださった青土社の山口岳大さんです。

不定形な存在をめぐって、うろうろしているのじゃないか、と。

こちこちに固まった皮膚に閉じ込められて、肌に触るものの感触さえ確かめることをせず、息苦しさにうずくまっているこの身体。

もてあまし、手放したくなるけれども、そんなことはできない。

ならば皮膚をときはなって、ゆるやかに呼吸を続けるすべをさがしたい。

テーマに取り上げられた作家や漫画家、アニメーション監督、落語家たち、作品にいるものたち、たくさんのものたちと出会い、向き合いながら、不定形な存在の面影をもとめ、ゆるやかに呼吸をし続ける技法をさぐろうとしていたのかもしれません。

そうすると、どうしても入れたくなったのが、ずいぶん昔に書いた「物質と主体」です。これだけは『現代思想』に載せたもので、その号のテーマは「主体とは何か」でした。他のものと少し色合いが違うのは、そのせいでもあります。本書では「NOWHERE = NOW HERE――物質の海へ」と改題し、大幅に手を入れました。『日本書紀』の一挿話を軸に、いまとなってはだれでももっとまともに知ってるだろう量子力学の聞き齧りやら、多元宇宙論やら、永遠回帰やら生成変化やらをごた混ぜにした、まあけったいなものです。なんでいまさらながらこんな古いものを引っ張り出してきたかというと、否定され、存在を抹消されても、記述の破れ目からこぼれ落ちる不定形な存在、解釈平面が異なるたび違ったかたちでいつもどこにでも現れる存在、遍在する生、そういったものをなんとかして言葉にしようとしたものだからです。

でもそれならば、私は長いあいだずっと、なにか訳のわからないものの姿をさがしながら、あちらこちらをうろうろと彷徨ってきたことになります。

そしてこの先も、ぐずぐずと、ふらふらと、迷っているような気がします。

ゆらゆらと、あてもなく、弱々しくもただ歩くこと、それが私のあてであり、到着点なのでしょう。

『ユリイカ』に書くことを誘ってくださったのは、青土社の明石陽介さんです。ともすれば、すぐにうずくまってぼんやりしてしまう私を、ともかくも立ち上がらせ、歩くように仕向けてくれるのは、どれほど嬉しいことでしょう。あらためて、ありがとうございます。

それから、書籍化にあたって担当してくださった山口岳大さん。よろよろと足を進めている私の傍に寄り添い、足元を照らし、冷静に私の歩きぶりをみて直してくださいました。ほんとうに心強かった。感謝申し上げます。

剥き出しの肌を晒すような心細さに、そっと美しいスカーフをかけてくださったのが、装丁を手掛けていただいた細野綾子さんです。ありがとうございました。

そして、この本を手に取ってくださった方に、こころよりお礼申し上げます。もしも、おずおずと差し出した私の小さな、小さなかけらが、あなたの手のひらに止まったなら、それは私のこの上ないよろこびです。

二〇二四年五月　日々を支えてくれる、猫の内蔵助、勘九郎とともに

雑賀恵子

初出一覧

再録にあたり改題のうえ加筆修正を施した。

まえがき　書き下ろし

I

終わらない確認
（『ユリイカ』四五巻一四号、二〇一三年一〇月号、特集＝武田百合子）

覚え損ねたあのひとの記憶／書き留められた大文字の歴史
（『ユリイカ』四八巻一六号、二〇一六年一一月号、特集＝こうの史代）

たじろぎ、あわいに立つものは
（『現代思想』四六巻七号、二〇一八年五月臨時増刊号、総特集＝石牟礼道子）

II

モンスターとはなにものか
(『ユリイカ』四七巻一二号、二〇一五年九月臨時増刊号、総特集=細田守の世界)

前のめり、つんのめって……
(『ユリイカ』四八巻一五号、二〇一六年一一月臨時増刊号、総特集=赤塚不二夫)

Too Late To Die!
(『ユリイカ』四四巻二号、二〇一二年二月号、特集=立川談志)

III

不格好で弱くあるきみは……
(『ユリイカ』四五巻一〇号、二〇一三年八月臨時増刊号、総特集=やなせたかしアンパンマンの心)

哀しみを背負うものたち――等価交換の不/可能性
(『ユリイカ』四二巻一四号、二〇一〇年一二月号、特集=荒川弘)

水はおぼろでひかりは惑ひ
(『ユリイカ』四三巻八号、二〇一一年七月号、特集=宮沢賢治)

Ⅳ

菊の花弁は増殖し……
(『ユリイカ』五五巻一〇号、二〇二三年七月臨時増刊号、総特集=大江健三郎)
NOWHERE=NOW HERE——物質の海へ
(『現代思想』二六巻一二号、一九九八年一〇月号、特集=主体とは何か)

Ⅴ

場所——死者と生者と
(『ユリイカ』五四巻三号、二〇二二年三月臨時増刊号、総特集=瀬戸内寂聴)

あとがきにかえて　書き下ろし

雑賀恵子（さいが・けいこ）
京都薬科大学、京都大学文学部を経て、京都大学大学院農学研究科博士課程修了。専門は農学原論、社会思想史。単著に『空腹について』（青土社、2008年）、『エコ・ロゴス――存在と食について』（人文書院、2008年）、『快楽の効用――嗜好品をめぐるあれこれ』（ちくま新書、2010年）。共著に『政治の発見　第1巻』（風行社、2010年）、『アディクションの地平線――越境し交錯するケア』（金剛出版、2022年）など。京都在住。二匹の猫とともに暮らす。

紙(かみ)の魚(さかな)の棲(す)むところ
――〈書物(しょもつ)〉について

2024年 7月 1日　第1刷印刷
2024年 7月 20日　第1刷発行

著　者　雑賀恵子
発行者　清水一人
発行所　青土社
〒101-0051　東京都千代田区神田神保町1-29　市瀬ビル
電話　03-3291-9831（編集）　03-3294-7829（営業）
振替　00190-7-192955

装　幀　細野綾子
印刷・製本　双文社印刷
組　版　フレックスアート

ISBN978-4-7917-7660-3　Printed in Japan